阎连科

在他们的一生里，

所有的辛劳和努力，所有的不幸和温暖，

原来都是为了活着和活着中的柴米与油盐、生老与病死。

桃园春醒
阎连科 著
黄山书社

乐在其中
饮酒喝茶
读书不亦乐乎
丹枫雨露

序

陈思和

黄山书社的一位年轻的编辑来信告诉我，出版社正在策划出版一套当代作家的选集，编辑宗旨是通过作品来反映当代作家的成长道路，如作家和故乡，作家和亲人，作家的童年经验、接受教育的方式等等。她说："我们选择的这些作品中都有作家各自独特的成长经历和强烈的主观情感投射，由此读者可以看到这个作家是怎样成长的，或者说，他们是怎样一步步成为现在的样子的，即作家的精神源头。"我注意到信中用了"我们选择"这组词，猜想大约这些作品不光是作家自己选出来的，而是编辑与作家共同商量、一起挑选出来的，自然也有了编辑的主动与理解的投入。这样的通过出版社编辑主体参与策划的一套作家文丛，应该是独具一格的。

从编辑部给我提供的目录来看，大多数是当代最重要的一代作家的早期作品，反映的是上世纪八九十年代的文学创作的信息。我是这代作家的同代人，他们所经历的一切我都有过类似的感受。虽然我现在没有时间重温一遍这些作品，但看到这些熟悉的篇名，都会让我的思绪回到那个时代，——一个作家与时代的起落同命运的时代。我想提一下的是选入方方的作品集里的《祖父在父亲心中》，这篇小说是在一个沉闷的年头发表的，那个时候的文学创作处于相当疲软的时候，但是一股刚劲的清新的气息却在地下慢慢地流淌，我正是在那个时候先后读到了方方的这个中篇以及王安忆的《叔叔的故事》、《乌托邦诗篇》，张承志的《心灵史》，张炜的《九月寓言》，杨争光的《老旦是一棵树》，阎连科的《年月日》等等，慢慢的，文坛的风气出现了转机，萎靡的风气冲淡了，中国的作家终又找到了一个嘹亮的音符来发出自己的独特的声音。这些声音，与作家们在八十年代发出的稚嫩的声音不同，既继承和深化了八十年代人文精神的最好的部分；又体现出九十年代社会转型中的独立思考和我行我素的追求。1993 年人文精神讨论兴起，人们主要是藉了媒体力量，对"两张"的走向民间的创作趋向有很多推崇，而对于当时文坛上最有风骨的一批知识分子写作，诸如方方、王安忆、杨争光、阎连科、刘震云等一批作家的作品，却远远重视不够。而这些作家又经过了近二十年的写作实践，各自形成了自己成熟独特的创作风格，而其中我们可以感受到，方方的厚重而开阔的知识分子的叙事特点却一如既往地保持着，成为当代文坛上的一个亮点。

再往上推,那就是八十年代的中后期。我看到了选入叶兆言选集中的《悬挂的绿苹果》,也让我想起很多往事。这篇小说发表之初,我为之写过评论,并且组织学生进行课堂讨论,引起过不错的反响。但当时关注的人似乎不多,叶兆言兄至今还把它列入选集,可见私心里还是喜欢的。这篇小说发表在探索风气弥漫文坛的八十年代中期,许多打着“先锋”、“探索”、“创新”的稀奇古怪的作品满天飞,而这篇作品却以日常生活为描写题材,以不动声色的笔法进行了人心深处的探索,表达了在社会舆论的认知定势与人性自由流向的对照下,人在选择生活道路时本能所起的作用,还涉及到非理性和神秘的领域。作家把这些现象看做是日常生活的一部分内容加以表现,解构了时代生活的本质论和因果论。这种叙事方式,为后来成为创作主流的新写实小说开启了先河,有着更长久的生命力。

总之,这一代作家是从八十年代中期开始崛起于文坛,在艺术创新、形式探索、寻根以及先锋等一系列思潮的激励下,一步步走出了笼罩在中国文学创作领域长达几十年的政治阴影,靠着自己的人生体会和审美经验,凭借着文学表达的独特形式,慢慢地走向成熟,经过了三十年的艰苦跋涉,终于形成了当代文学创作的一片绚烂风景。我在论文《从“少年情怀”到“中年危机”》中描述过当代中年作家如何在文学领域独领风骚三十年的理由和原因,这真是近百年来中国文学的一道奇观,如今,出版社愿意用这一套文丛来保留或者说体现,这三十年来文学道路和作家成长的痕迹，以示后人从中可以获得某些启迪。我以为是很有意义的创意。这是这套文丛在一开始策划时就含有的独特意图,我希望通过读者的流通与阅读,能够使这样的编辑意图得到很好的传播，文学的力量就是这样慢慢地产生的。

2009 年 12 月 11 日于上海黑水斋

目录

桃园春醒

一

阳光烦乱，地上热暖，气候在悄着转变。说喝酒去吧？买了啤酒，都到村后林地，席地坐下，喝到醒醉，有人把酒瓶磕在地上，将拳头在半空挥了一下，说春天来了，我们该做些事了。做些啥儿事呢？索性都回去把老婆猛揍一顿吧。说完这话，彼此看了，都把目光落在张海脸上。张海思忖一阵，把拳头捏了一下，挥了一下，说好吧，我是老大，既然都听我的，今天就都回去把老婆揍了。说，谁不打不揍不是男人。谁不往死里去打去揍，就是兄弟们的孙子、重孙子。

听到这话，春天来了，林里的桃树散发着暖的润气，枯条忽地蓬勃，鼓出暗红苞儿，乔张造致，似要借酒放开。光亮层层叠叠，从镇西探头过来，把林地映出个彤红鲜艳。草芽在脚下蠕蠕动着，树根在地里扭着身子。有一股初春的腥气，呈着青色，在那林地弥弥漫漫。牛林、木森和豹子，都小着张海。他是兄长，大家对他，目光中自都含着敬意、惊异，问说真的打吗？

张海说，春天到了，打一顿吧。

牛林折一桃枝看看，把一朵桃花苞点咬在嘴里嚼了，又“呸”地吐出，说打就打，谁怕谁呀。然后喝酒。举起四个茶色酒瓶，碰在空中，砰砰响着，让春天的草绿气息，在那响声中惊着闪开。酒气碰着春气，半空里漫了燥发的味道，人便觉得极想做些事情。又都年轻，就决定回去把老婆打上一顿。酒喝完了，手里的空瓶掷了出去。或者，猛地砸在桃树身上，那泛红的青色树皮，沉默不语，却有汁水畅旺流淌。脚下的，早空的酒瓶，原都竖着，这时起脚一踢，滑向空中，风拧着瓶口朝里浇灌，哨出泛青的响音，而后落下，砰地炸了，世界便轰然宁静，可听见了桃枝发芽的细响。还有，阳光和桃芽、桃苞浅绿的呢喃。而后，他们走了，个个心里暴烈，神情庄重,队伍样,张海在前,牛林殿后。走出桃园时,回头一望,桃园中竟有了点点红色,极艳极新,仿佛世界忽然变了,陈旧中有了新意,酷冬也一下醒来,抖抖身子,春就来了。

春就到了。

春天了,人们不能不下力做些事情,就决定,先把老婆打上一顿。

张海说,你们记住没有?

说都记了,你放心,老大。

问,谁要不打呢?

说弟兄还要下咒起誓吗?弟兄们你不信着,你还相信谁呢?脸都红红青着,还有白的,各自表情,在黄昏里一筋一倔的僵着心情, 在村口站了一会, 也就分手分头,朝村里回了。脚步声响天彻地,砰砰亮堂,由远至近地到来,又由近至远地消失,只留桃园在后,有着生气,有着淡然悠闲中春天勃勃的力道与不安。

张海家,住在村子进口,新房,浑砖,是胡同里最早盖起的青砖瓦房。那房子当年的招摇,让全村人都为之刮目。十年前媳妇来村里相看,至胡同口抬头瞭望,那青的瓦屋，猛地映在眼里，便对张海敬了。

张海说，同意吗？

媳妇慌忙低头。

张海说，我可是要找个马上娶的。媳妇红脸，慢慢抬头，目光疑得异常浓密。张海说，我要去广州打工，走后娘要有人做伴，有人侍候。媳妇想了半晌，点了头后，又说，得回去跟爹娘商量来着。而后，就结婚，入门，伴婆，侍奉张海。

张海回家，进门时脸是青色，朝门上踢了一脚，像那柳木大门，曾经是着仇家。媳妇在院里做饭洗菜，手在水里泡着，粉红着，两朵花样，听见门的暴响，慌乱抬头，问说你又喝了？张海不语，竖在院里，直直的，咬着嘴唇。媳妇看了，起身去屋里给他倒了茶水；出门时，还用唇儿试了水热，而后放在张海身边。喝吧，媳妇说，喝了醒酒。又说，晚上吃米饭，你在南方米饭惯了。还说，你有同学找你，商量春天到了，该做些啥儿事情，说饭后他再找来。张海坐在一条凳上，茶水摆在条凳那端。他不看茶水，只盯着自家媳妇。媳妇洗菜，手在水里，红红的，两朵花样。菜水边上，张海脚前，还有一条白鱼游在另一盆里，欢天喜地，自由自在，可它不知，在那水盆旁边,还放有一柄剪刀,不久就要用那剪刀,替它开膛破肚。那鱼以为无辜,自顾地游来走去,尾巴拍着水面,啪啪啪的,溅起的水珠,飞在了张海脸上。张海忽地起脚,把那鱼盆踢翻,让水流在地上。地是水泥地面,鱼在那地上水间,蹦高跳远,像是受了冤的孩子,在地上蹦着哭唤。

媳妇不知所措,惊得站起,痴痴地望着张海,怎么了?怎么了?她一连问着,拿手在胸前腰布上擦着水珠,脸上的僵黄,原是惊惊的不安。

张海反问,你说怎么了?!

媳妇说,不都好好嘛,你是怎么了?

又一脚踢了面前洗菜的盆水,踢了菜筐,张海抓起媳妇就打。左手揪了她的头发,右手掴着耳光;忙了一阵之后,又双手揪着媳妇的前胸,双脚轮流踢着媳妇的双腿。末了一拳,又把媳妇打出三尺开外,使她倒在地上,嘴里还不停地骂着,你她妈的,不过年,不过节,又吃米饭又吃鱼,你会不会过日子?!你是存心蓄意,要把这日子过得仓空囤泄,败家败财;存心蓄意,要把家里那点存钱花干弄净,分文不留不是?!

说我他妈的出门打工挣钱容易吗?

说我喝多了，你她妈的故意给我倒杯又滚又烫的水，是想把我烧死吗？

说孩子快放学了，你不去学校接她，一个下午你都在家干啥呀！

又打又说，又说又打，张海手脚不息，双唇不停。媳妇倒下时，他又追去朝她肚上猛踢，朝她腰上猛踢。朝她屁股上踢踢跺跺。开始时，媳妇先还一惊一疑，问着为什么要打？我有了什么错吗？及至明白了张海嘴里的扯话，媳妇不再辩说，只是闭着双唇，从地上爬将起来，用手和胳膊抱头护脸，蹲在院里的一棵树下，任由张海一下一下朝她身上踢着打着。任由他的，一掌一掌的耳光，朝着她护了脸的臂上掴着。任由任由的，直到在屋里看着电视的女儿跑到院里，突然扑在妈的怀里哭唤起来。任由任由的，直到在灶房切菜的婆婆跑将出来，先在院里惊怔一下，又突然冲来，梗在儿子和媳妇的世界，举起巴掌，一下一下朝张海的脸上打去，骂着说，你没事找事啊？想找事你到后山从崖上跳下去；想找事你到村里的井口跳下去；想找事你娘给你找来一根绳，你到哪儿上吊去！

张海不再打了。他看见从地上站起的媳妇，嘴角涌着鲜血。

竖在那，张海木头一样，任由母亲一掌一掌朝他脸上猛掴。并不疼，可他心里忖忖，担心母亲会因为用力打他，突然倒在院里。这当儿，有邻居耳了吵闹，风进来，群股着，一下把院子塞实挤满，都说打啥呀，打啥呀，多好的日子，有啥可吵可闹可打哩。就去拉母亲、劝母亲，把母亲抱在胸怀里。因为有人拉，所以还要打。媳妇便忙利地抹了嘴角鲜血，拢了乱发，和未曾被人打样，也过来把婆婆拉下，说娘，你合着跟他生气，他是喝了酒，心里怨暴，让他在我身上泄泄酒就醒了，人就好了。

说，张海，死男人，你让娘气了，还不给娘道个歉啊。

说，又喝酒、又喝酒，等你喝败了身子你就不喝了。

说，还不抱着女儿到门外去，站在这儿是光彩还是怕娘不生气？

张海木一会，有些短趣，有些无聊，心里惘惘的，海上的雾一样，宽得很、深得很，又都啥儿不清不明，只好从众邻的目光中，抱着三岁的女儿倔倔地走出门去。走过新盖的瓦门楼，站在门口的台阶上，隐隐的，模糊着，他听到别的地方里，一处两处，也有万马齐鸣的嘶叫，有战乱的争吵和打架。还有村人朝着某方向跑着的脚步声。他想跟过去，又当然没有动，脚像栽了样，根着地，根了土，心也根得很，盘错着，什么也思不开，想不动，只是把目光朝着黄昏里穿，就看见余晖中有着青颜色，春意着，仿佛还有花草的香味在街巷里走，如丝如线荡荡的。顺着那个荡，他的目光就又看到胡同那头的桃园了，一个角，几棵的树，点点的红，像夏夜凝在村外半空的萤。

村子大，消息也大。很快的，都知道有了几家，同时吵架和打架。牛林把媳妇胳膊打折了。豹子呢，本意是打打就算了，谁知媳妇要抗拒，举着剪刀作自卫。这样儿，豹子被激了，只能再打着。去夺媳妇手里的剪，却冷猛扎了自己的手。一见血，不能不怒了，便用剪子捅了媳妇的肚。缝了四针，红血浸在白纱外，桃花着，朵朵的红。

张海抱着女儿，立在门外，看见一群脚步风掣着驰往乡医院，先是一簇，拥着牛林媳妇，托了她的胳膊，小心的，脚下却风急。路上人见了，问说怎么了？村人就答

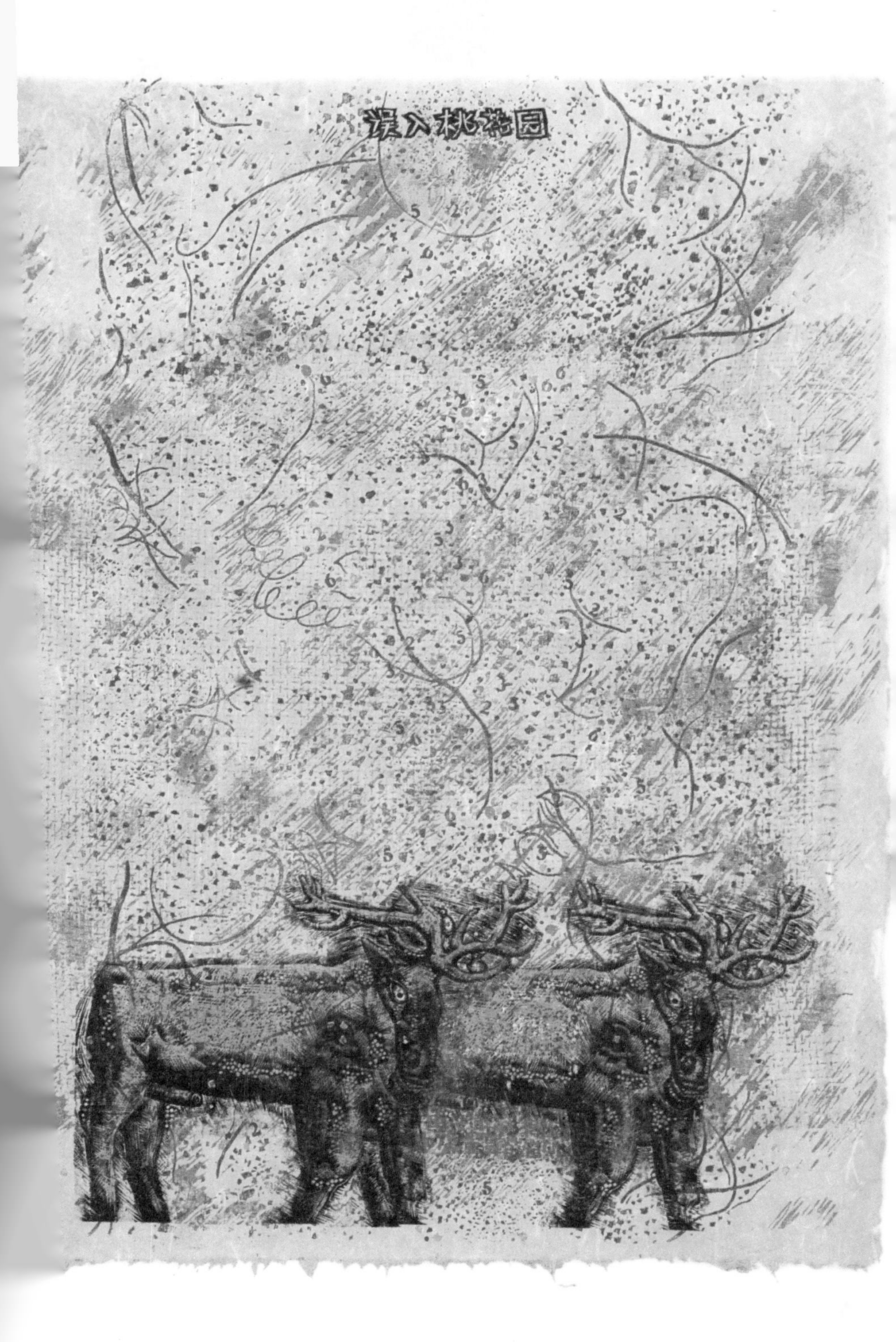
误入桃花园

柴米与油盐、生老与病死，这才是我们在这个世界上的来之缘由、去之根本。

医院看看嫂子？像是找到了去往医院的缘由，急要语落起脚。就等张海一句言语，一个眼神。可张海没有言语，没有眼神，忽然抬脚走了，倔倔的，脚步固执坚牢，如锤往地上砸着，不扭身回看后边，也不旁目左右，只是正前，拧着目光，硬着脖颈，闭了嘴唇，大步地往家里去了，丢掉牛林豹子，像从身上拔出两根刺儿扔了，所以走得力快，成竹在胸，要去实施一桩事情。

回到家，媳妇已把夜饭做好。还是那些青菜，那条炖鱼。白的米饭，盛在碗里，摆在桌上。筷子，汤碗，还有一碟等放鱼刺的小盘，搁在饭桌中心。筷子条理温顺，躺在饭桌四方的米碗下边，等着人去拿它。娘、媳妇、女儿，各守饭桌一侧，都在等着张海。堂屋灯已亮了。饭桌在那灯光以下，有着菜香鱼香，混了米饭的白味，五颜六色，弥在饭桌周围。张海回来，女儿喜着欢叫，我爸回来——我爸回来了。媳妇为了容让和谦，朝进门的男人红脸一笑，将本已摆好的凳子，又用手动了一下，示意了请的意思。那边的婆母，六十几岁，辈正威处，坐在上方先自端起饭碗，动了筷子，却并没有真正夹菜，只是望着儿子，说快吃饭吧，一家人都在等你。言辞动作，和家里没有发生过打骂一样，清沌浓烈的和睦，也同那菜香一样。

张海坐了。

坐在媳妇对面，瞟了媳妇，瞟了女儿，又看看母亲，脸上依旧忖着心思，仿佛有话要说，又只能不说，把话紧紧憋着。见家人都端起米碗，也就端了米碗。见家人都去夹菜，也就欲要夹菜。可欲要夹时，媳妇把鱼头夹起，送进了他的碗里，只好顺势瞟了一眼媳妇，在眼角深邃了什么，低头吃了一口米饭，放下碗去，说有水喝吗？

喝汤吧，媳妇说，紫菜蛋汤。放下自己的米碗去为男人盛汤。可是张海，却望望别处，又望望母亲脸色，说，我想喝碗白水。

媳妇又去倒水。把桌角的一个水瓶提在半空，旋了壶盖，倒下一杯。玻璃的杯，因着水烫，提了杯口才到了饭桌。放下。吹着自己的拇指食指。说刚烧开的，死烫，你等凉了再喝。说完坐下，又去给张海夹菜。张海拿手碰了一下杯壁，果然滚滚烫热。问说，刚烧的？

媳妇点头后，说你急喝吗？放在冷水碗里冰冰？

不用。张海脸上僵着硬色，在灯光中呈了苍黄，仿佛失血，还有微的汗珠冒出。只是因着灯光，因于忙着木森看了一眼豹子，求求的一脸哀色。然后，就都一阵重闷，谁都如被关在黑屋，彼此不看不语。光线明亮，从桃枝间倾泻过来，把每张脸都照出透青亮色。有风，微微的，从枝上掠过，响出蜂音。蚂蚱在草地上走跳。草是干草。干草间又许多绿色。春天了，初春。远处的山脉在宁静中活的一样，会缓缓晃动。细看，却又稳在那儿。下地的村人，荷了锄，从桃园那边路上走过，朝着这边望望，下力望着，像要探询他们似的，却是望着又独自去了。就这么闷着，闷到将要炸时，木森望了张海。张海又看牛林。牛林就说，今儿这事，大哥让我当家——杨木森，你昨儿耍了咱们弟兄，今儿你自己说，这事咋办？

木森姓杨。杨木森就蹲在地上半旋，双手放在两个膝上，脸是黄色，在日光中虚有汗水。他旋身过来望着牛林，目光中透着理屈，透着哀求，那目光像是污腐要烂的草绳，没光，也不再结实。仿佛，谁用手一拉，或用手去那腐绳上碰碰，那目光就会带着灰尘断下。就用那种枯腐望着，等着牛林说话。

牛林说了——你还打吗？

杨木森灰着脸色，咬着嘴唇，好像要把嘴唇咬出一个声音。

牛林说,不打也罢,你自己想个办法。

就又憋着,让空气死去,凝得不流。让日光活活动着,却是刀刃样割着木森的鼻眼。他鼻尖上的汗,血样的流疼。目光也被那日光逼到灰暗。就闷着,闷到极处,杨木森的脸上有了活色,是一种带了浅血的暗黄,在他灰白的脸上,浅浅游着。游着时,他抬起头来,试着道——

这样吧,我请哥和弟们吃饭。

豹子扭了一下身子,说我操,老三,吃饭能花几个破钱?

木森还要说啥,豹子还要说话,牛林却忽然说道,吃饭?行呀。到村口路边两层楼的小红酒家。说着,他不看张海的疑问,不看豹子的惊愕,过来笑着拿手在杨木森的头上拍拍——回去吧,多准备一些钱,我知道你去年在工地上挣了多少钱。

事就完了。虎头蛇尾。连杨木森都不敢相信天大一桩事情,解决起来,竟是这样快刀乱麻,镰和青草。走回去时,还又回头望望,说我多带几瓶好酒吧——用这句问话,去探寻身后有否变故。

怀念某些时候，面对现实，我是多么想在现实面前吐上一口恶痰，在现实的胸口上踹上几脚。

立起了，他知道好戏开始了，他该退场了。退到一个安静的地方，躲着看，像黄雀躲后看那蛇蚌的斗。然就这当儿，火口上，风和油都已备下了，引子火也都烧下了，只待楼上最端里的门一开，戏就锣鼓喧天、惊天闹地开场着，真相大白着，明光与黑暗，万物与世事，都该水落与石出，让人们豁然开朗，认出端底时，杨木森的媳妇却又从那过道里折身回来了。

她都已经到了木森和那姑娘的门口又折身回来了。

已经见了挂在门上的钥匙又折着回来了。脸上原有青愤的颜色转成了白。咬着的唇，也不再死死咬下去，只是闭绷出一根线。像上台亮相样，走折回来时，到楼梯口淡了一下脚，若戏上的主角走了几圈台步后，到前台立下脚，掀着金银褂袍猛地昂一下头，打量一眼台下的观众般。木森媳妇就那样，淡了脚，抬昂了头，朝身下楼下瞟一眼，又不慌不忙从那楼梯上边下来了。脚音轻轻咚咚着，眼睛朝上看，在一片惊愕寂静中，下了楼，从那熟的女子怀里要过自家的娃，冷冷瞟了酒家的大堂和人群，竟就毅然决然地朝外走去了。

像不曾来过这个酒家样，如不屑这酒家里的人事样，从人群缝中挤出大门时，看见豹子、张海也在外边人群里，她立下看豹子，又对张海说，张海哥，春天了，你都领着他们出去干活吧，我死都不愿再在家里见到木森了。

说完后，走去了，让张海、牛林、豹子感到了自己的浅贱和无聊。

牛林从酒家走出来，追着木森媳妇的影，脸上挂着失落和败相，大声唤着说，我操，天下还有这女人，竟就不在乎自家男人跟鸡搞。

张海恶了牛林一眼睛，朝面前地上吐了一口痰。

豹子似乎弄不明白发生的事，望望木森媳妇快步的脚，又扭头回来望着面前一世界失望的脸，自己脸上的惘然也如这世界地上的灰。

三

入夜深，村落静默着，月光水在村里的房舍、街道和草草木木上。醒了春的夜，润润暖暖的清淡在各家院里、檐下走动和缠绕。听着春味在夜里的流，像月光穿了林里的洒。都睡了。猫和狗都把眼给闭合了。老鼠们也回窝歇脚息神了。一世界的安宁和没有世界样。可是着，杨木森和他媳妇没有睡。他俩的孩子也睡了，团在床头上，酒窝在梦里时浅时深地笑。木森坐在窗口下的一张矮凳上，媳妇坐在床沿和他对着面，一步的遥，两个人的声音一出口，就能碰着对家的耳，却又似乎远得很，你说一句话，半晌后对家才会接着答，如那话必得翻山越岭方能飘至对家耳里。

媳妇说——

离了吧，别吵也别闹。

木森用力抬起头，望过去——

我压根就没碰那姑娘一指头。

媳妇默许久，用鼻子哼一下——

鬼才信。

木森抬起头，挺了胸，壮了自己的声——

不信咱去问问她，让她当面说。

媳妇扭身给孩子扯了被子角，盖了孩子伸在外面的手，才又转回脸——

去问？我恶心。

杨木森有些妥协地把头低下去，长时长间后，重又用下力气抬起来——

反正我不离。

便都又默着。

木森想吸烟。原是会吸的，结了婚，媳妇泼烦时，便自戒去了。现在又想吸，去自己身上摸，扭头去身后窗台上七找八寻着看。记得那儿是扔着一包烟，像秋天在地上扔着一片叶。可是却没有，只好又回身坐进安静里。这时候，媳妇突然从床头那儿找了那包烟，丢过去，鼻子里又飘出细微一丝的哼。木森接了烟，听到了那丝哼，看看媳妇脸上冷冷的情，回身把烟扔在窗台上，站起来，到媳妇这端把自己的枕头拿到床那端，然后脱着鞋，不扭不看要睡了。可是媳妇看他屁股沾了床沿时，愣一下，自己从床上豁然离开了。

门框上踢一脚,而后下楼来。下了楼,看见楼下有三个和媳妇年龄相仿的乡村人,都是女性着,样儿如媳妇又似姑娘,高低着,胖瘦各异着,抱着他几个月的孩娃在楼下候着等。她们都是他媳妇的高中同学和朋友,都是高考落榜的复读生,有两个结过婚,却又都离了,动些隐匿的手脚就又可重新复读和考试;有一个,自着根儿没有谈朋友,发誓说考不上大学一辈子就不完婚了。木森看见她们时,明洞她们是商量着才都离婚的。商量彼此离婚后,都去再奔那考学前程的。便就对她们有了隐忍的恨,于是回头对着跟下的媳妇说,满意了吧,又可以复读考试了,可以考上大学进城了,还可以正正堂堂对人说,是我去找鸡你不得不离的。

媳妇立在楼角下,眼角垂了泪,说木森,算我对不起你,我只考两年,考上了我去上大学,再把孩子留给你;考不上,我抱着孩子回来复婚你还要我吗?

木森笑了笑,说你以为我家是旅店啊,谁敲门投宿我都给床屋?

然后就走了,大着步,路过那三个候等的姑娘时,扭头看了自己的娃,想去摸,又没去,只是淡了脚,又男人气概地走掉了。到乡政府的大门口,再又扭回头,看见管民政的那干部,正隔着玻璃望着他们的影。他把目光收回来，对着随后跟来的四个准备复读复考的女子中抱着他女儿的原媳妇，扯撕着嗓子叫——我他妈的真后悔,结婚一年多,竟没有打过你一下,没有骂过你一句。

说完话,真走了,融进了日光下的街道里。这一天，是个逢集日,街上人影晃晃,繁华闹热,四邻八村的人都从冬天醒过来,奔着春集了。

杨木森也向着春集去奔着春事了。

正街距木森家里百来步的远。他到胡同口,看见正有邻居在门前说笑闲坐着,没回去,径直着走,到了村后去。看见桃园间,一片旺烈烈的红,像有火烧在村后里。原来桃树开花不是渐次缓缓的，而是在你的粗疏间,眼睛朝哪看一下,扭转来,它就轰轰隆隆盛开了。开盛了,每根枝条都挂红。每棵桃树都是一燃团团的火。桃园的树下有狗在追着。有喜鹊从这一枝头跃到另杆枝头上,一跳闪,就登向前方一树的另家枝头了,像上一树的枝条一弹射,把鸟射到了下树梓。天蓝得很,透着桃红望出去,那蓝就蓝到碧绿含红的幽深里。

木森看见了他们喝完酒扔在桃树下的酒瓶儿,还是碎下一地界,醉了一世界,在日光下泛着蓝深的光。

木森想朝那酒瓶走过去。可是没有去,心里空,也似实到没有一丝缝隙儿。明明就离了,可觉得和媳妇依旧有关系。觉得没有离,可手里捏的紫红皮离婚证,都已经汗沾在了手窝里。感着奇,感着假,觉得事情太戏了,两页巴掌大的纸,空空洞洞三行字,其中一页盖了章,媳妇就不再是自己媳妇了,一年多日夜的劳作、说话、性事和生女儿时哭哭啼啼的唤,不拉着他的手,女儿就生不入世的样,都还历历挂目着,可却又似了前朝往年的事。恍惚间,木森想到了小红酒家里。想到昨天花了钱,与那姑娘厮守一个钟点他都没有碰她一指头。想到冤得很,没有碰摸她,媳妇倒因着这事把婚离掉了。

是她给了媳妇离婚的缘由和借口。

没有她,媳妇自然是不会离婚的。不会都做着母亲了,还要想那脱身考学的事。都已经到了这年月。

恨了她,就想去找她。

便去了,脚步噔噔地朝着人世里砸。义无反顾着,朝那街上走去时,似乎生怕有人看不见,招摇地晃着膀，摇摆着头。有人问，去哪儿？大声地说，小红酒家里。问，吃喝呀？大声地说，找姑娘。就把对方吓得不敢言语了。到了那酒家，压根不看门口的情景与热闹，直往里边奔。老板娘小红正在厅堂和厨师一道剥着葱，见了杨木森，一脸挂笑地问说吃些啥？像把昨天的事情忘了样。他不看老板娘，直说我找那个和我一间屋过的姓刘那姑娘。老板娘慌忙把他拉到楼梯下的一间小屋里，说了一些话，给了他一把白铁大钥匙，就让他上二楼他昨天待过的那间屋。

那间屋朴素厚道，屋里摆了床，搁了桌，床上铺了红床单，桌上有茶盘，盘里有没灌水的空暖瓶，有被他用过的玻璃杯。走进去，杨木森再次如昨天一样细细看了那屋子，立在窗口前，竟猛地发现，原来在这窗口间，把目光从几院谁家的瓦屋缝里瞭过去，一样能看到村后的桃园林。因着远，因着是站在二楼窗口间，目光透了白玻璃，便看到村后的桃花如飘在半空的一雾红色的烟，悠悠着，袅袅的，不再是一树一团的红，而似飘淡淡的云，宛若落日前同时从各家灶房燃升半空的炊事儿。

木森就看着，听见门响了。

世间最耐得岁月折磨的，是乡下人的日子。

就看着,听见关门扣锁了。

就看着,听到脚步伴着浮笑走过来。

木森转过了身。果然还是昨天来的那一个。昨天她穿了一件红毛衣。今天她还穿了那件红毛衣。红毛衣把她的胸乳箍起来。胸乳也把毛衣扛起来。她是浑圆身,团圆脸,脸和乳房一样白,一样的鼓滑和润嫩。说不上她好看。也说不上她就不好看,只是一身的鼓胀诱着人。昨天他们待在这间屋子里,陌生着,彼此傻呆呆地坐,她说你不碰我吗?他瞪了她一眼。她有些羞涩地朝他笑了笑,说不碰可不是我不让你碰我,钱花冤枉了,你别怪我不愿侍候你。然后他冷恶她一眼,自己坐在床边喝了水瓶里最后留的水。接下去,闷一会儿,他听不到隔壁有动静,以为是豹子在那边悄悄行着事,待自己有心行事时,楼道有了媳妇的脚步声。

惊悔着,那脚步到门口站站又折转回去了。

后来就发生了一串的事。到今天,到这时,木森是决计不再冤枉自己了。既然是因着自己和这姑娘有事媳妇才要离婚的,那就果真有事吧。既然花钱了,那就乐受乐受吧。他盯着她朝他走过来。盯着她慢慢立下脚。盯着她脸上有些邪意洋洋的笑。她却笑了说,你忍不住又来找我了？

她说，就是哦，男人嘛，该享受了就享受。

她说，其实你长得好看你知道不知道？女的都爱你这样子你知道不知道？

她说，我洗过了，你也洗洗吧。

她说，哟，你怎么不说一句话？我没得罪你，你脸黑着干啥呢？

他便把目光从她黑亮的发上移到她的脸上去。从她的脸上移到她的高胸上。从她的胸上移到她平凸凸的小腹上。又从她的腹上移到她的腿上和脚上。她穿了一双棉拖鞋。竟是光着脚，没有穿袜子。想问她你是睡到现在才起床？想问她你今年有多大？干这营生多久了？一天能赚多少钱？可她忽然低头看了自己的脚，脚趾在拖鞋里玩耍着，指尖顶着拖鞋的面，像一双小兔在袋里挣着身子想要出来般，而后又笑着，抬了头，抢了话儿问他你不洗？

——真的不洗我脱吧？

——你把脸扭到一边去。

——刚初春，天还冷，让我先给你暖暖被窝吧。

说着也就脱了裤，又去脱毛衣。当毛衣从她胸上卷了头发卸下时，她的胸活蹦乱跳了，只留一个薄薄的小褂透在上半身。到这儿，她便打住了，不再往下脱了，诱他样，又似冷，把两条雪白的胳膊交在她胸前，不往床边走，而是朝他贴过来，脸上艳了笑，说我好看吗？

说我比你老婆性感吧。

说你老婆有我漂亮吗？

说上床吧，上了床你就知道我和你老婆谁好了。说着去拉他的手，还去他的腿间摸一下。忽然的，他像被她触怒了，从腿间把她的手扔到一边去，扬起胳膊来，一个耳光打在了她的脸面上，随着她的一声青紫艳红的叫，他又一把将她从面前推开来，便紧了双唇从屋里出来了。

楼下的，被楼上的惊叫呆着了。事情变得急，谁都不知为啥着，一律律把目光投到楼上去。他便撞着那墙似的目光和惊愕，不管人家问什么，丝毫不作答，横了身子和性情，从那目光里莽莽撞撞穿过去。走到大街上，匆匆望了天空和行人，看见有个十几岁的小姑娘，拿着一枝桃花从他面前跳着步子走。看了一眼睛，他朝着妻离子散的家里走去了。

四

豹子媳妇，并没回家着。

张海、牛林的媳妇，一并出院回家了，在医院住了三宿天，该回家营生什么营生什么了。可是她，住院七整天，拆了肚上的几针线，花了一笔钱，人却不见了。

黄昏时，豹子去了医院找，说我的媳妇呢？

医生道，早就出院说说笑笑了。

沉忖着，豹子没忖出结果来。回到家，见媳妇的哥坐在上房里，脸上挂有铁青色，娘给人家烧的一碗四圆荷包蛋，依旧雪白金黄地浮在瓷碗里。人家坐高凳，他娘缩在低凳上。人家手里捏了打火机，愤愤抽着烟，把黄昏的屋里雾成黑，娘手里拿着一方火柴盒，萎如跪相着，仿佛是要跪下给人家燃火点烟般。人家扬眉盯在屋门外，娘抬头仰视端端着人家的脸。豹子回来了，迎着景象怔了怔，淡在屋门口，叫声哥——你来了？人家灭了烟，起来竖直身，看看门外落日的黄，拿手摸了摸三间新房的黑门框，再抬头朝房顶、房梁瞅了瞅。那房是去年豹子结婚盖起的，有一半房钱是从媳妇哥的口袋出来的。人家就理直气壮的,看看这,摸摸那,最后了,用很轻很柔的嗓子问——

这房子没有走形变样吧?

豹子点着头——结实呢,哪能变样儿。

媳妇哥——住着舒服吧?

豹子疑一下,犹豫着,点了一下头。

人家又从檐下随手拿起一柄剪，白的亮，王麻子牌,翻转翻转看,又挂在檐下钉子上,拍了手上的灰。豹子媳妇就是用这柄剪子自卫的。豹子就是抢了这柄剪子捅进媳妇肚里的。现在时,那剪子挂在檐下钉儿上,微摇摇地摆,落日赶巧照了剪,有着光影在那门框上闪。

人家说,豹子,打狗还要看看主家哪。

豹子瞪了眼。

人家盯着他,把衣服撸起来,露出肚皮来——你厉害,也朝着我这捅上一剪吧。

豹子的目光软塌了。

人家又把衣服朝着上边撸——你捅呀，朝着心窝口上捅——我把妹妹嫁给你，把我家盖房的房梁送给你,砖瓦送给你,还把一个存折给你让你去着银行随手取——现在着,一年间,你朝我妹捅了一剪刀——捅就捅了吧,她住院七天你没去医院给她说声歉——没说没说吧,现在你还敢怒目瞪着我。那好吧,你索性也把剪刀朝我胸口捅了吧——你捅了我连一句疼和哀求都不叫。我要叫了我就不是男人了。就不再是了你的媳妇哥。

——你捅呀!

——你捅呀!!

——你捅还是不捅啊?!

天将黑下去。落日的红黄已经薄成纸,村里的炊事大都过去了。村街上有来东去西的脚步声。还有鸡回窝的愁。随后间,跟来的静,铺天盖地像是月色的染。豹子不敢再看媳妇哥,他把目光敛起来,低了头,勾下去,将本就不长的脖子努力着弓,直到看不见媳妇哥的黑亮皮鞋了。直到只能看见自己的脚尖和裤腿。直到看见娘嘴里说着啥,碎步拿了青菜、鸡蛋往着灶房忙做饭。至这时,豹子突然嘟囔了一句话——

算我错了吧。错了还不行?

媳妇哥把衣服放下来,哼一下,朝大门外边走。脚步上的力，有节奏，有气韵，仿佛不仅是胜者，还是再和豹子斗气就败了自己的显赫与身世。院落是三分地的院，有上房，还有偏的厢厦房。媳妇哥从厢厦前面走，没有扭头去看在灶房切菜烧饭的豹子娘。到了大门口，门楼下，立脚回着头，用很净很亮的嗓子对着豹子家院落间的一方空地说，今年也把那空地上的房子盖起吧，砖瓦、木材我都给你备下了，你只准备一些工钱就行了。

再前走，入了门楼内，又回头，大着声——你娘六十几岁了。人过六十就该想到她的百年了，去我家门前伐棵大的树，给你娘的棺材备下来。

又前走，出了门楼儿，站在大门外——以后不用跟着村人去外打工了。跟着我，挣的比去广东还要多。

就走了。最后的夕阳色，在媳妇哥身上镀了一层金，他走着，像一尊神像在静里朝着村外移。豹子把媳妇哥送到门外大远处。他是在人家将到门外才忖忖思着去送的。送了几十步，踏着村里的寂，脸上厚着土灰的僵，直到人家回头终于说——明天去把你媳妇接回来。他才立了脚，望着停在村口候了人家的一辆新卡车。

车响了。

他回了。

看见娘从灶房走出来，手里端了一盘刚炒好的菜，还有一盘馏热馏暄的白蒸馍，雪雪的，腾着气，可娘却在那蒸腾的气后苍黄着脸，眼上含了泪，手上的菜盘、馍盘颤巍巍地抖，像那菜和馍是偷着人家的，又被人家撞着了。豹子看见娘，没有怔，没有愧，只是过去接下娘手端的盘，对娘说——娘，放下心，我有一天会让他们一家老少都朝我们低着头，会让他们见了你就像见了他们祖奶奶。

日色豁然耗尽了。似乎还在村落和地野的哪儿里，响出一声脆的断裂来，像一根音弦绷断着。断后更是坠入大的沉静里，天便最终黑下来，世界又开始暗酿别的事情了。

翻越一脉山，也就到村了。

豹子媳妇娘家是山脉那边的一隅小村庄，叫宋庄。太阳升着时，豹子在娘的央求下，倔倔迟迟动了脚，到日将平南时，终于到了宋庄里。媳妇家在着宋庄是旺户，不仅族上人口多，媳妇哥还是一村长。叔伯哥有人在县上，有人在乡里，都为国家经营着事。还有几孔砖瓦窑。还有一新一旧两辆大卡车。还有别的生意和经营。家里的房子是楼房。院落的地上铺了水泥砖。院子浩大如着半个篮球场。她没父没母了，是哥把她带大的。哥能干,让她的人生比有父有母还俏贵。豹子就来了。村口上有冬醒的树林泛着绿。几家院落的杏树白出雪样的花。春香的浓,缘于靠了山脉和自然,浓得在天空化不开,像人失脚跌进了季节的油坊里。只是这香更清更纯着,没有油的腻。

豹子在村口立脚吸了一鼻子，看有人赶着耕牛过去了,才朝着媳妇哥的家里去。在村口,正路边,媳妇在替嫂子晒着洗的被单子。日光把那搭好的被单映成幕布的白。有着一股水浸碱的味,在那季节的暖里荡荡来去地飘。彼此见着了,媳妇黑了脸,豹子涎着笑说我来接你回去哩。

媳妇把最后一条单子往绳上草草搭上去,扭了头,不言语,就往哥的那方院落里走。

嫂在院里洗,感觉了,也笑道——他来了?

媳妇把衣盆往地上磕一下，豹子便竖在门口僵持着,大声地唤——嫂子,洗衣啊。

哥从屋里出来了,没有应,只朝大门口上瞟了瞟,就对妹子说，跟着豹子回去吧，他以后再敢这样儿，你扭头就往娘家回。

事情本就完结了。嫂子已经给豹子端了凳，还给豹子倒了水，媳妇也把准备回的衣物包裹提将出来了。可是欲走时，又来了一个人。是媳妇的一个叔伯哥，乡干部，管民政，曾经很城市地不用几分钟，不问几句话，就让杨木森和他媳妇文文明明离了婚。这时他回村里歇着星期了。他听说叔伯妹子被男人捅了一剪子。他在家里喝了一杯水，来看叔伯妹子了。进了门，见豹子提了媳妇的衣物包裹正要走，便竖在大门口儿上，横了路，拦着豹子说，你真的捅了我妹一剪刀？

——你也胆大了，是欺负我们宋家没人怎么着？

——如果是打是骂就算了，可你动了刀，犯了法，我打个电话公安局就会抓你知道吗？抓了你就会判刑知道吗？

——就这么简单就又想把我妹子接走吗？这么吧，我不难为你，你当着我的面，当着我妹子和哥嫂的面，就在这院里向我妹子写份检讨书，保证今后再也不打她、骂她好不好？

——写吧你。春天了，草木发芽了，人手人心也该思忖动动了。

果真把一枝钢笔递过来，还从自己提的包里撕来一页纸，合着伸到豹子面前去。太阳已是顶照了，亮得很，如头顶悬了发光的金。有左邻过来看热闹。又有右邻过来看，院里便云了许多人，十几个，仿佛是看老师体罚学生般。也像看一个干部在整修他管的百姓般。其实呢，也就是乡干部在管治他所辖所领的老百姓，可是又亲戚，事就复杂了，戏剧了，冲突得法情矛盾着。人们都盯着豹子看。媳妇也在看。手里拿的回婆家的东西似乎多余着，提不是，放了也不是。媳妇的哥嫂也在看，说算了吧，豹子一来就算向咱妹子道歉了。可乡里的干部哥，却是瞪了眼——啥子算了吧，这次动剪扎进妹子肚里去，下次他就敢动刀扎进妹子心脏里。事就僵持了。他不光是着乡干部，年龄还大着媳妇哥，他严肃，别人就不可嬉戏了。也就僵持着。豹子盯着干部伸过来的纸和笔，咬了下嘴唇，不知如何是好了。不知是该接那纸笔还是不接了。他都已经小学毕业了十二年。十二年他都没有动笔写过字。何况写检讨。微微眯着眼，瞟了媳妇还有媳妇哥，希望他们这时有话解开围，可豹子看见媳妇和媳妇哥也都看着他，似乎是希望接了那纸笔。希望他当众写下一份检讨来。

豹子心怒了,他把嘴唇咬得更紧着。

乡干部似乎也觉得这样僵持不为好，忽然从边上拉过一张凳子来,把纸笔拍在凳面上说,不写检讨也可以,我知道你文化浅,其实连小学都还没毕业,提笔写下通篇错字也丢我们宋家人。这样着,不写检讨你到屋里去,给我妹她爹妈跪下来,对着我叔婶的遗像磕三个头,对他们的在天之灵保证你以后不再打骂我妹妹,更不会动刀动剪伤害我妹妹。

干部说——两样你选一样，是跪下磕头还是写检讨?

干部说——豹子弟,你是一样不选是不是?

干部说——去磕吧,磕头简单呢。春天了,草木都发了,你也跪着动动膝盖和头了。跪下来动动你的嘴巴吧。

果然的,豹子去跪了。

他把手里的行李用力放在那摆了纸笔的凳面上，大着步,青色了脸,跨过人肩和院子,到妻哥家上房屋中央,没有看正屋桌上岳父岳母的遗像和牌位,呼啦啦猛地跪下来,砸着磕了三个头,没说话,起身扭头就走了。出屋时,他昂昂地瞟了院里的人,到乡干部的面前立下来,目光冷过去,说我跪了,头也磕掉了,还有啥儿让我做的吗?

乡干部说,你可以领着我妹走掉了。

没有看媳妇,也没有多看谁一眼,更没有去提凳上的行李包，如去跪着磕头样，豹子大踏步着朝外走去了。朝外走着时,他听到那些追着他的目光声,和哧哧笑的压抑声,还有似乎是媳妇在嫂的催促下,跟上来的脚步声。

可他没回头，也没再管顾啥儿声音和响动，径直着,沿着来路朝村外急步着走,仿佛想立马甩下媳妇、村落和那些宋庄人，如可以甩掉背上的一群瘤一样。

是午后,太阳温中有暴,看似和蔼,却在内里存了烈烈的秉性。豹子走在前,媳妇紧步儿跟在后。她的那包裹,蓝色,硕大,装了衣物,和从娘家那儿带的干果柿。还有,她在医院时的洗具和用品,沉沉重重,如一袋人生食粮样。可豹子,并不帮着她去提,而是洒脱着,由她提,由她左手和右手,不歇儿地更替着换。

她说,你不能走得慢一些?

他不理她，只是梗硬着身子向前走。

她说，你替我提一下包裹呀。

他捏一下手中的汗，淡了脚，忖会儿心，走得更快了，仿佛怕她随之跟上来。天空金黄，透亮澄澈，如一湖明净的水。人走在烫热里，不只是温热燥荡，还一心烦乱，一股恶念。山梁上除了日光、梁道、芽草和遥在远村的静寂，余结的，就是他们脚步落在土道上的闷响。有一股春时树木泛吐的绿，还有野草从土地间挣出来的腥，加之土地在日光中热暖暖的香，混成春天的浓重，在山野荡荡地波流和漩涡，仿佛还有春气的涛花声。这些都让豹子感到周身的刺扎不舒服。他后悔自己来接了媳妇了。想不接，她也不能如何着。难道她哥敢把自己吞吃了？想她在乡里做着民政事业的那堂哥，敢真的把自己送上法庭去？尤其后悔着，自己竟真的在她家里跪下了，就是不跪着，又能怎个样？

能把自己杀了吗？

想到那杀字，豹子浑身一震颤，举起胳膊在天空旗一会，将拳头捏得铁硬，摇摇挥挥，咬着对牙，从牙缝就把那个——杀——字，唤将出来了，如双手扯着一根绳子，咬牙扯嗓，要把那绳子拽断样；且把那杀字，扯拽得韧长韧长，声嘶力竭，把媳妇吓得收住双脚，在后边怔怔地看着他，包袱在手里滑了一猛儿，差点落到地上去。

唤了完了后，回头看看不远处呆怔的人，脸上的惊愕色，愕成蜡白和黄苍，在阳光与土地间泛了恍惚的亮，也便觉得有快意。有了复仇的舒畅和急切，便又从鼻孔轻哼一下子，才又朝着前边走。走去很远后，听到了媳妇跟来的脚步声。到这时，豹子不再快走了，脚步慢下来，循着自己的心事和思想，让思忖一直往前着，如心在一条胡同一直往前样。他唤了那杀字，也就存有恶念了，果真想要杀了媳妇去。起初时，想到那杀字，身上和心里，都还有着惊震和惶恐，可眼下，却是纯色平静了。想到回了家，一刀把她彻底捅掉去，由她亲哥与堂哥，看着自家妹的尸，哭唤后悔到苍天无奈那景象，该是何等快意的一桩事。又想等她吃饭时，在她的碗里下了药，让她只几口，忽然间肚疼打滚，碗落地上，人在地上拧着团着，大张嘴巴，一手捂肚，一手扬在半空，唤着救人——救人——可自己却是立在她面前，桩下来，盯着不动，只是对着她的苦痛，冷冷笑一下，或者对着她的死相，说出两个字——活该！或说——报应。是说活该,还是说报应,豹子拿不定主意了。也就犹豫着,慢下脚步,理不出活该和报应这词语间的差别。只是觉得,活该二字,日常一些;报应二字,书本一些。似乎别的,也都意思尽同。便就慢荡荡地走,低头看着脚下,沿着梁坡上的土道,车辙里因为深硬,像蜿蜒的沟渠,又窝聚了光亮,有金星在那车辙的沟里流。车辙外面,摆了常年的脚印,两边连着田野。泛绿的浅草,翠成亮黄亮碧,飘着那草的气息。田野里,冬醒的麦苗,一绿就绿成湖光,碧碧的,没有杂色,只有一片一片春腥春烈的苗气和田味,藤缠蜿蜒地绕在天空,又朝山脉外面拂动着。梁上的麻雀,引路一般,叫一阵走了,又荡在前路树上。豹子近了,它再飞再落。就这样,豹子跟着那麻雀翅膀,深着心事,忽快忽慢。媳妇跟在后边,以为快是快着,他也向来脚步就快;而他慢时,以为是为了等她,也便有了感动,追他几步,大声地唤——

豹子,你提一会儿行李。

——豹子,你倔啥儿脾气,捅我一剪,流血缝针,还不许我娘家人恶你几句?

——堂哥让你跪在我爹娘的像前保证,又不是让你跪在我的面前,你值当恨在心吗?

少年时，洛阳于我，不是一座城市，它是我内心的首都；中年后，北京于我，则不是首都，而是一座庞大无边的城市。

她的嗓音,有些锣的响彻。豹子听了,如不间断的电闪击在头顶。田野间,荒寂无际,果真前无古人,后无来者,如世界荒了,天地也都不再在了。前面飞的麻雀,忽地落在了路边一棵树上,啁啾鸣叫,像是说着什么。豹子抬头,看了麻雀,心里有了一声惊天轰鸣。那麻雀落的野树,是一棵长在崖头的野枣,刺枝都已泛青,在那青上,还有一层层蒙蒙的白色。野枣树胳膊粗细,下半身躲在崖下,上半身的青绿枝冠,蓬在崖的上空。这让豹子沿了树身,从上往下望到了崖下沟底,十几丈深浅,有呼呼的寒气,从那沟里卷将出来。

忽然想,该把媳妇推下这道沟底——

豹子的脚步缓慢下来。

忽然想,就那么一推,至多她有一声惊叫——

豹子又朝田野瞭眼望了一下。

忽然想,等沟底里无声无息,自己就可去了——

豹子站到了崖头路边,探头望了沟底的幽深静寂,见着有乌鸦在崖头的窝里嬉闹。又抬头望了天空,看日已过顶,明彻的光亮里有细微嗡嗡,然后,擦了额上和鼻尖的汗粒,轻声自语说,好热啊,歇歇吧。

就先自坐在了崖边的草上。

媳妇来了。

豹子首先看到她到的不是身影，而是一双大脚，穿了黑色半跟的皮鞋，布满尘灰，如在地上跳动的两块长形泥块。从下往上，再看裤腿，浅蓝裤子，有些肥胖，似乎还未及目光移动，也就见了腰身，竟就忽然意外，媳妇已经嫁来两年，同床共枕，居然没有发现她原是没有腰的。原是桶状，上下粗等。这让豹子想到在小红酒家营生身子的那个女孩，更是坚心要把媳妇推下沟去。竟也变得坦然平静，不做不休，只那么用力一把而已。他盯着她一步一步靠近，像一个肉团朝他滚来。看见她新洗新剪过的头发上，日光挂着乌金色泽，在她发梢上行舞飞风，宛似阳光，在她的头上燃着跳跃。盯着她的脸和头发，想只要她到了近前，自己猛地起身，用力一推，也就龙飞凤舞，一了百了。

自就暗力等着。也就果真近了。蓝包袱在她腿间荡来晃去。可是近了，只是近着，并没有真的到他身边。

她一屁股坐在了他的对面。路的那边，两步之远，说——豹子，你走得太快了。

又望望头顶，说——好热啊，这哪像初春，像夏哩。

低下头去，跺一下脚灰，说——回到家，我们做啥饭吃呢?

豹子不接她的闲话,只是盯着她的团圆大脸,目光冷冷,咬了自己的下唇。放在膝上的双手,汗如雨注。他把双手从膝上拿下,搁在身子两边草上冰了一阵,目光又随之落在她脚前的包袱上,僵硬着说道,你把包袱递给我。

瞟他一眼,她没有起身去递,而是原封坐着,用力把那包袱抛了过来。

接了包袱,忖着心思,他又说,你也过来。

她看让她过去,脸上挂了绯红,人却羞羞的未动。

生冷僵硬地拍着身边的细草,豹子厉声又说——过来呀,坐在这里。

他说的这里,身后就是悬崖,只要把她上身朝后一推一仰,人就可以惊着滚进沟底。说完这些,豹子的目光中露了杀气,手也开始瑟瑟抖动,仿佛她再不过来,他就会去把她抱来扔进沟里。可是她,没有看见他的凶煞,微扬了头,目光被日光应对一下,就又绯红着脸,扭头看了四周,把头勾将下去,看着自己的鞋尖,半羞半笑道——

大白天的,别做那事,夜里再做好吗?

又说道，我哥嫂都说，其实你是好人，只是你那几个兄弟心深。

还说，今年要盖的那两间瓦屋，哥嫂表态，一分钱也不让你花，只要你对我人好。

媳妇说着这些，还如和他初面时一团羞色，人圆在地上，上身的大红夹袄，火成一蓬焰光。黑的头发，在那光焰里闪着润的泽亮。仿佛黑玉的女人头雕，溜了地面，搁在荒野山脉的光亮半空。豹子盯着媳妇凶看，目光的冷色，被日光和媳妇头顶的玉色撞着烤着，及至她话完了，他把双唇死死闭着，沉闷一阵，抬头朝田野的深远望了一眼，也便忽然起身，朝着面前包袱踢了一下，又空手朝梁下村落走去。

大踏步的，脚步声颤震着山脉世界。

媳妇起身随后，只是追着唤叫——

豹子——豹子——你把包袱提上呀。

五

桃园已经大红，海海洋洋，这一树，那一株，皆着淫旺狂放。春天也就来了，一片真实，惊天动地，不缠绕，不羞怯，轰轰烈烈地铺天盖地。一世界的树木，槐树榆树，还有河边路边的柳桐，先是浅绿，后就猛地深了。田野和山脉上的庄稼野草，一绿就无所顾忌，赤裸裸地绿得没有杂色。牛羊欢了，在那绿色中，庆天喜地。村人也都彻底从冬里醒来，扛着锄锨，去田里锄草浇地，路上还哼歌唱调。年轻的小伙，还敢去邻居嫂的屁股上猛摸一把。

春醒了，或迟或缓，都已经彻底醒来。

张海、牛林、豹子和木森，他们看着下地的村人，村头领着孩子的老人，还有头顶飞着的野鸟，和脚下浓妆了的野草，围立在村后桃园里几棵树间的世界，看着十天之前，他们喝酒碎在地上的瓶片，说春天来了——做点事吧。

——做点事吧。

周围的几棵桃树，都有碗口粗细，八年的树龄，正值着壮年时辰，桃花烂漫，香味刺鼻，从桃枝间透来的日光，原是彻明，可过了桃树，染成了红的跳跃。红得让人不敢睁眼，只能默着闭目。桃园铺就在山坡以下，村的后边，一大片着连地扯天，一红百红，百红千红，就红得不着边际，一塌糊涂，无可收拾，如漫在天下的洪水雨涝。站在山坡上眺下，这红仿佛是海洋世界。站在桃园树下切近，就红得让人只能闭眼。可是他们，不怕这红，年年地，惯了这红，像养花的人，闻不到了花香。养鱼的人，嗅不着了鱼腥。就那么，竖在桃红下边，牛林手里折了桃枝，豹子把手插进裤的口袋，张海和木森，都是手里扶了一柄锨锄，彼此看了一阵，忖了一阵，便就说道——

做些事吧。

做些事吧。

目光也都聚在了张海身上，仿佛弟弟们读书，都要向着大哥讨要学费路费。张海先是扶锄勾头，后就忽然抬起，毅然决然地——这样吧，他说，广州、北京，哪都不再去了。每个人兑上五千块钱，哪怕借钱贷款，也要凑足两万，我去送到县上礼贿一下，设法承包县上修路的一段工程。

说完了，目光盯着大伙，仿佛征询意见，又像催着大伙交钱。就都彼此看看，默死一阵，豹子忽然惊震道，凑啥钱啊，我老婆的堂哥，是乡里民政干部你们知道的。他睡的屋里，藏着十万块钱你们谁都不信吧？可是我老婆亲眼见了。亲口跟我说的。不如我们今夜闯进他的屋里，把他捆起来，揍一顿，把那十万块钱逼出来。说了看着周围兄弟，还又瞟了一眼身后和头顶的桃花与日光，看其他三个还是默着沉着，只是似惊非惊地把目光投在他的脸上，便又补充道，十万块，逼他交出来，咱们四个每个两万五千块。两万五，值了呢。多大一个数啊。话之后，又将自己的目光，从杨木森和牛林的脸上，移到年龄最大的张海，问说大哥——干不干？千载难逢哦。

说那钱是那鸟人准备盖房用的，今夜不动手，怕他明天就走存银行了。

说这样吧，只要你们三个陪我，我捆他，我揍他，由我把钱给兄弟们逼出来。

最后看张海死口不语，豹子把目光落到了牛林脸上，似是求着牛林的鼎力。可是牛林，却也笑了，浅淡一抹，挂在嘴角，如一抹桃红挂在唇的两边。他笑着，看了身边的张海，又瞅了身子这边的豹子和木森，将目光走往远处的桃花枝上，歇了一息，盯着远处一枝红上的两只麻雀，待那麻雀飞了，桃园又归着花静，他把手里的那一桃红朝半空抛去，拍拍手，一胸成竹地说，都听我的吧，咱们写信到乡里、县里，诬告他村长修路时贪污强奸；告他村支书计划生育时不光超生，还在水里溺死过自己生的女婴。把他们告下来，我们弟兄来当村干部。说有了这村落大权，这村落就是我们弟兄的。我们让这桃树别开花，桃树他妈的也不敢开花结桃子。话到这，牛林有了兴奋，抬手擦了一把嘴角的白沫，又看了一眼大伙，拿脚在地上跺一下，说实说吧，如何告村长和支书我都想好了，状子我都写好了，就等你们几个按上手印了。说一冬天我为写状子，专门买了笔和纸，改了整八遍，村长和支书的罪状我给他们每人各列了十二条，每人写了十八页。有我写的告状信，不把他俩告下来，你们把我牛林的牛字从我的姓中抠下来，把你们的姓安到我牛林的名前去。

话完后，牛林得意动情地再瞅大伙儿，看每人脸上还是厚着沉默和不语，就又想想接着道，告下他们俩,大哥来当村支书,我来当村长,木森你当经委会主任和会计,掌握村里的财政和经济。豹子你当治保主任,专门负责村里的安全和治安,谁不服就揍到他妈的头上去。

以为有了分工和分配，各取名利会让几个兄弟动了心，然扭头去看时，张海还是扶着自己的锄把不动弹，只是将下巴搁在锄把头顶绷着嘴，如在思虑世界样。而豹子和木森,豹子似乎动了心,还问了治保主任能否让他兼管村里的水利、用电和树林。可那杨木森,却是自这次来了桃园后,始末都未说一句话,把一张下地用的铁锨在下颚顶一会儿,又将铁锨横在脚地上,一会儿站到锨把上,一会儿又蹲在锨把上,起落着,没有一刻的安宁和踏实。然却又只是听着别人说,自己终是紧着脸,不说话。直到这时候,直到牛林把目光移过来,说豹子兄弟同意我的意见了,木森你同意不同意?

可豹子却又忽然说,只要把我媳妇的堂哥揍一顿,让他交出十万块钱来，你们谁的意见我都同意哩——我都跟着干。

牛林乜了豹子一眼后,仍用目光逼着木森的答。

杨木森从地上站将起来了。他歪头看了面前的人,用脚把地上的铁锨挑起来，靠在一棵桃树上，不急不慌的，眯眼越过桃花看看天，脸上僵了笑，拍了手上的土，说真是的，春天了，这桃花开得和女人脸一样。

又把脸从桃花迎面转过来，看着谁，如是谁也没有看，目光瞄着一棵树身子。春天了，他又说，春天说来就来了；说春天来了咱们都给老婆买件衣服吧。

说女人们原本贱得很，过年给她买件衣服她能记你一年好；到春天该开胸露怀了，再给她买件衣服她能记你一辈子。

其余人就都盯着木森看，像他脸上有台女人唱的戏。像他浑身的神经皮肉都有病。就看着，牛林朝地上吐了痰，豹子嘟囔了一句野粗话，然后都把目光重又落在了张海脸上去，像学生持了作业等着老师的判。

张海也盯着木森看，笑着说，杨木森，你的脑里长了石头瘤。而后很不屑地扭回头，瞟了牛林和豹子，天公地正说，春天了，反正要做事，总不能同时去做四个人的事；就是做，也要一个一个做。说这样吧，抓阄儿，三个白阄儿，一个字阄儿，谁抓了字阄我们四个就都去做他说的那桩事。

便都想想同意了。

也就抓阄儿。

抓阄是张海主持的,他把一张烟盒纸一分为四着,在其中一片上写了一个“春”字儿。叠了都抓了,那写有“春”字的团阄儿,竟就睁眼落到张海自己手里去。这时大家都沉默,牛林却发现,张海在阄里耍着手脚的事,抱怨着,毁了约,议定接下来的公正应该是抽签。

抽签是牛林主持的,三短一长的签,说定长签谁抽了,四个人都去做那长签人的事。其结果,长签竟就落在牛林自己手里去。牛林得意着,说可以去诬告村长、支书了,大家马上可以政变上台了。可豹子,原是心粗事笨的人,却这次,事前戒了心,把大家扔的签重又捡起来,瞪眼发现牛林一只手中握着四枝一般长的签;另外一只手,藏了一枝更为长的签。就气了,动怒了,还脏口骂了一句侮爷辱奶的话。这一骂,事情就大了,沉默便深了,彼此盯着的眼,有了仇,有了恨,像要打架般。可终是缘于村间的情,没有动起手。牛林就有些嘲讽地,哼一下,朝着一棵桃树踢一脚,冷冷地对着豹子道——豹子弟,不就是你想借借弟兄们的手,到你老婆家坟上动动土。

说操,打人逼钱嘛,多大一桩事儿。

说你主持一桩手续吧，或抓阄，或抽签，哪怕也弄假，只要主阄主签落在你手里，我要不去你老婆家坟上挖个洞，我牛林就是你儿子。

话到这一分，豹子反倒无言了，只是盯着一棵桃树看。看那桃树上似有杨树上的疤痕眼，半圆大，牛眼一般着。张海和木森，分站他们两边，看着他们的僵持不知如何是好。太阳已经正着了顶，平南的光热和夏天一模样。没有风，只有桃花的艳红刺目耀眼在这个世界上。就那么僵持着，到了沉闷像石样压将下来时，木森忽然说话了。

木森说了句不可思议的话。

木森说，别僵了，让我说句天正地正的话，在这桃园里，脚下没有相等大小的卵石头，可这桃花每朵大小都一样，都摘一朵桃花朝着面前掷，看谁掷得最为远；谁掷得最远就照谁的意思做。说这样儿，谁也不能做手脚；你掷得远，天公又地平，就是让兄弟去杀人和放火，那也是老天安排的天经地义的事。

就都为木森的主意感着荒唐和嬉戏，有心怒了他，然张海想一会儿，哑笑一下子，竟又庄重同意了。

说，就这样，都掷桃花吧。

也便随之都默默认了这桩事儿。

就都摘一朵桃花朝着自家面前掷。张海、牛林、豹子掷的桃花都落在脚面前，可木森掷的那桃花，在清明寂静的日光里，如羽毛飞在黄昏般，飘飘的，滑在半空慢旋缓缓地飞，闪着一朵透明的亮，留着微细红的响，飘着飞，飘着飞，滑过头顶的阳光和桃枝，到面前几步远，才散着香味徐徐落下来。

便都惊了那朵桃花后，又都盯着木森看，想起木森的意愿淡得很，说是春天了，都回家给老婆买件衣服穿。

洪水卷走的透明十二岁

一

不知你相信不相信，原先我没有料到人一辈子才有一个十二岁，要料到我会故意记住很多情事，不会仅仅记住那场大洪水。可我料到时，早已时过境迁了，过去的情事，如失手飞走的鹰，追不回来了。我很后悔。到眼下，我向你述说十二岁的事情时，脑子里只还有一点儿事物。

我记得，我站在伊河桥的脚手架顶上，过了我才有一个的十二岁。那时候，白云如棉花一般盛开在我的头顶，风一吹，一线一柔一线一柔地刮着我的脸，燕子似的朝我脑后滑走了。我的脸很湿,很舒快,像谁吻了我。见娜在桥上叫,连科哥,我不敢上呀!我勾回头来,你怕天吗?她跺着脚,你快下来!我抬起头,把手在空中摇摇,我抓住天啦!我抓住天啦!给你说,我是真的抓住天了。天是湿滑的,仿佛是泡在肥皂水中的蓝绸布。可就这个时候,我看见了我的十二岁。看见了我十二岁遇到的奇观。我看见伊河上游的最端上,伏牛山和耙耧山之间的十里平川,窄得像一条胡同。胡同里涌动着膨胀的白雾,像一天散云从山上朝着山下压。伊河水在那白雾下面,如清明时节挂在墓堆上的白纸条一样窸窣抖动。这是我不曾遇到过的景况,惊奇像一群野兔在我胸中跃跳。我被震惊了,脸在天下凝着不动,眼被惊成两颗僵硬的星星。伊河上游端头的膨胀白雾,在我眼中越铺越大,如同从一条沟中奔来的几百匹白马,马蹄下腾起的紫雾在半空,像土塬上吹起的漫漫浩风,铺天盖地,时浓时淡,集集疏疏,被马群拖带着。我看清了,马群和紫雾是朝下游卷来,先还像从山坡朝下压着的云,随即就在我眼前闪出了两道白光,像在半天滑落的两道流星。流星闪过,伊河上游就成了天的颜色。那时候,天并不单单是蓝色。几天前日夜阴雨,一杆一杆的雨柱,仿佛是白色的象牙筷子，几天几夜接连不断地朝地面戳着。直到那天的早上，才风停雨住。太阳从裂开的天缝里扫出几道光线，将伏牛山、耙耧山和十里平川染了些微黄色。我立在脚手架上惊骇时，上游的白马群朝下游奔过来，天和地混在一块，仿佛天突然间像房子一样塌下来，压在了山坡上和河面上。伊水仍在哇哇啦啦，哇啦哇啦地朝着下游流，于是天被伊水拽得颤颤发抖，像风口猎猎作响的飘扬的脏绸。见娜在我身下叫，你在看啥儿连科哥？你听见了啥儿连科哥？我不理她，我只把目光硬凝在上游不动。即刻，我听到了一种声音，沉沉隆隆，从很远的地方喑哑地传过来，我以为那就是天发抖的响声。我从来没想到天会哆嗦，会哆嗦出喑哑的声音。我觉出来了，那沉沉喑哑的声音，不是天哆嗦的响声，而是地哆嗦的声音。我觉到，河面上还未筑成的大桥，如同伊河上的一枝草棒在顺水而下，似乎还不断被浪打进水里，响声是从脚手架下传来的，摆动也是从脚手架开始的；我隐隐觉到，新筑的桥柱似乎在缓缓移动，似乎整个十里平川的地下有一条比伊河更大的河流在哗哗地流，它载着八百里伏牛山、载着十里平川和平川上的伊河水，载着耙耧山以西的茫茫土塬，朝下游翻滚了。我心里惊极了，脸上的肉像立马风干了一样紧绷。远处的白光一道一道闪现，我用力盯着白光后面，猛然就看见那后面竟是世界大小的浊色光亮，像日光照着的天宇冷丁儿落了下来。我身子一缩，心里哆嗦一下，即刻明白，那上游朝我漫来的无边紫气和白亮是洪水。

“见娜，快跑！洪水来啦！洪水来啦！”

“你说啥?！我听不见，连科哥！”

我要立马下来。我在脚手架上转了一个身。

二

我的身后是一片安静的天地。阳光从云缝扫出来，把云块边染成红黄的颜色。伊河水在阳光下哗哇哗哇地流动，云在水中成了冲不走的油彩。河水两边，是两滩望不到尽头的鹅卵石，一个挨着一个，白的、红的、紫的、黑的……在脚手架上望着，仿佛是两张大席上晒的青花豆。鹅卵石滩两边，是两条古老的大堤，堤上的柳树、杨树交错着，把大堤深掩起来。堤如青龙，蜿蜒地从上游伸来,朝下游伸去,将伊河和卵石滩夹在中间。所有的杨树都在太阳下泛成一个大的光球，被白色的树干高高地举在空中，就像飘着飘着冷丁儿停在空中不动的团团白雾。

就在那雾团儿下，是我要给你说的稻田和我的祖辈村人们。这是秋天,不消说,谁都经过秋天,都说秋天是好的季节,粮食是在秋天进仓的,鲜果是在秋天成熟的,可洪水也是在秋天降下的。在那伊河下游,老堤朝西弓了一个嘴唇弯，村里人对着嘴唇弯修了一道嘴唇堤,这就在大天下、河滩上晒着一个大嘴洼。嘴洼像大地问天张开的口,天不作答,口就永远不合拢了。眼下,那嘴洼里是十八亩的稻田。熟稻撮儿撮儿在田里立着,在空中散开,蓬蓬松松一片,像结在地面上的十八亩金色大网。这是伊河岸上的第一块稻田,也是伊河岸人家的第一季收成。有了这十八亩熟稻,似乎整个伊河秋天的水藻气息淡薄了,鱼腥气息稀疏了,空气中的熟稻香味弥漫在伊河岸上。我在脚手架上转过身子,就闻到了浓郁的稻香，看见村人们在嘴洼里收割稻子起伏的肩膀。他们排成一行,全都脱掉了布衫,红铜色、门板样的肩膀列排起来,仿佛是一道用夯擂过的寨墙,在从云缝扫出的日光下,闪出一道赤色的光亮。金色的阳光,金色的稻子,含着赤亮的肩背,就像一排脱光了衣服的奇人躺在一张金床上,盖着无边宽大绒厚透亮的金被子。他们站起来的时候,都要伸个懒腰,把胳膊扬在空中,举着镰刀,像要站起把太阳割掉一块。可他们不知道,洪水从他们背后来了,洪水就是为了扫去稻田和收成才隆隆卷来的。他们的劳作在洪水下,会成为无边沙地中的一块儿泥沙。

洪水来了,可他们还一点不知道。

三

"连科哥——"

"你快跑!"

"啥来了?"

"大洪水——"

我从脚手架上落下来,就像一个苹果在风雨中从树顶掉下一样迅疾,双脚一挨着桥面就抓住了见娜的手。见娜的手在我手里像是一团没有骨头的肉,她的裙子在风中扬起来,在我的光腿上擦来擦去,似乎是蝴蝶在贴着我的腿肚儿飞。

追着我们的洪水终于露出了水头。跑过桥面,登上大堤,我说见娜你快看,她和我就看见水头闪着一道道白光,像时塌时起的玻璃楼房,刚刚涌起一座,就被洪水推塌了,又涌起一座,又被推塌了。

见娜怔着。

“快跑,要淹死我们哩!”

大堤上杨柳参天,满空绿色,杨树柳树,到半空挓出一群枝梢,挂满一树绿叶,把射来的阳光挡了回去。长堤就像一条绿色的胡同,浓郁的绿气又黏又稠,在胡同里,云雾一样流动。我们在胡同里跑着,把绿气冲得歪斜扭动。早黄的柳叶,在半空悠闲地打着旋儿落下,碰到我们时,被我们的惊恐撞得翻着身子跌到沙堤上和堤坡的草窠间。

“洪水来啦——!”

“爹——大洪水来啦——!”

“洪水来啦队长——洪水来啦呀队长——!”

“都快跑呀——大洪水来啦——!”

四

那一场景物到今天我都记得十分清晰，就像记得我一辈子只有一个十二岁一样。到嘴洼稻田边的堤头，说了你会不信，我和见娜急急立死脚步，慌慌撕着嗓皮儿扯叫，村人们却连头也不回。嘴洼的十八亩地，在伊河岸像深陷的池子，大堤把洪水的兆头隔在了池子外边。他们割过的稻子一圃儿一圃儿地躺在身后，每人身后，都有一条挨着的圃儿，就像都修了一条半成的上毛路。稻茬一撮一撮地立在湿软的黑田面上。脚窝井似的一个挂连一个。有的地方，还亮着黄浊的水滩。有蛙在水滩中昂头，偶尔一声响叫，嗓子又粗又哑，似乎是破柴的声音。叫后，那蛙就从水中跳出来，到稻圃上蹲着；面对云缝中绒绒的太阳，嘴张得又大又圆，仿佛想一嘴将太阳吞进肚里。这时候，突然飞来一只鱼鹰，从空中射下来，把头扎进水里一啄飞走了。蛙是看见鱼鹰才跳出水滩的。我们站在田头大声地叫，洪水来啦，洪水来啦！可我们的声音被谁唱的野歌压住了。

大山砍柴不用刀
大河挑水不用瓢
好姐不要郎开口
只要闪眼动眉毛
唇又红来齿又白
似玉如花舍不得
轻轻捧着姐的脸
心也热来肝也热……

这歌声是从十八亩稻田的那端传来的，粗重得如伏牛山上的大沙石，把嘴洼里的一切声音都给盖住了。十八亩地中央的村人们，听见野歌就都直起腰来，望着唱歌的村里汉子。

有人问："你嗓子里装了大炮？"

汉子只管唱：

大山砍柴不用刀
大河挑水不用瓢

又说:“你把我们轰死啦！”

汉子道:“操他奶奶,今年可以吃到大米啦,老子长四十岁还没吃过一粒大米哪！”说着,汉子就沿着田埂朝村人们晃来,像一座移动的黑塔。

洪水推倒玻璃楼的轰鸣愈加嗡闷响亮。我和见娜都觉摸出似乎有股寒冷的大风在水头引路，引载着楼塌的声音。我回头看了一眼,忽见水头如冰山一般被天水推着,隆隆朝下游滚来,一群银白的鸟,如鹰一样灵巧地在跟着水头起落,仿佛要从水头中寻找啥儿?时高时低,似乎是天水运载着它们。情势怕极了,再有一会儿落叶的工夫,天水就要滚到桥前,漫过大桥,朝嘴洼扑来了。

“哎嗨呀！洪水来啦！”

我把手卷在嘴上叫了一声，就丢下见娜，跳下大堤，朝十八亩地心跑过去。我怕你不信的情事就在这里。我跳下去时,双腿陷进了稻田泥里,还未及拔出腿来,身后就有人走出来。

“叫啥连科？”

“洪水来啦！”

回过头，就看见前几天刚进洞房的我的邻居哥嫂从大堤下一个偏僻的窝里走出来，嫂子满脸红亮，害羞羞的。哥是一脸扫兴，好像对我有一肚怨气。我不知道他们在那躲着做啥儿。现在我明白他们把那窝儿又当成洞房了，那时候我还弄不懂。他们从那窝儿出来时，脸上的快乐和满足后的遗憾就如贴上去的红纸一般，又显摆、又诱人。朝我走来时，他们不断回头去瞅那偏僻的大堤窝，不消说对那堤窝很感激。可惜那时候我才十二岁，我不懂那些事情。

邻居哥走近我了，“你说啥？”

“洪水来啦！”

“你晚跳下来一会儿我和你嫂就做完事情啦，就差那几下……”

“可洪水来啦！”

“洪水事大还是让你嫂生娃事大？”

“你上堤看去，好大的水。”

邻居哥一上大堤，就旋即转过了身子。

“啊呀呀——可不好啦——发大水啦！发大水啦！啊呀呀发大水啦！……”

五

村人们躲难似的迎着大水跑过来，在稻田里不择路地跑，踩溅起的田水在日光中闪着珠子的光亮，惊起的稻蛙，在他们脚下、腿间跳来蹦去，像群马跑在草坡上惊起的蚂蚱群。有的精灵蛙跳起时，撞到村人的肩膀上，又蹬着肩膀钻到薄薄的田水里，像我们男孩娃在伊河水中洗澡钻水的姿势一样。有人跑急了，就踏着田里的稻圃儿，一脚下去，稻秆、稻叶和稻穗就被踩进泥浆里，金黄的稻香味也跟着踢碎了。肥田的臭泥气息成块地在十八亩田中铺开。这当儿，队长三叔突然钉在人群地中央，像柱子般竖直在天地之间。

“我操你们八辈，你们踩的都是白花花的大米啊！白花花的大米啊！”

于是，村人们灵醒过来，他们的脚下是五年辛苦的第一季收成，是五年劳作换来的从未吃过的稻子，他们就都分散开来，上了田埂，沿着埂路朝大堤上疯跑，整齐的稻圃被他们爱护在田里边。

六

五年前的时候，这十八亩嘴洼是一片卵石滩，和河滩紧紧地连在一起。那年冬天，天地都冷成白色，队长去了一趟洛阳，回来我问他，三叔，洛阳好吗？好。有大米吃？有。是大米好吃？还是白面好吃？队长望着我，不再说啥了。我不知道是大米好吃，还是白面好吃。我没吃过大米，也没见过稻田。我去过的地方，田地里全是种玉蜀黍、小麦、红薯、豆子几样庄稼，还有的地方种西瓜。可我们瑶沟村不种瓜，只种外村也种的庄稼。那时候我七岁。七岁是一个像故事一样令人神往的年龄。我不知道我是从哪儿开始明白大米的，似乎是从生下来那天起，我就明白了大米是一粒一粒，雪白雪白，像寒冬老天降下的小冰球。对了，天降冰球粒儿时，娘总是站在院里唤唤，天下大米啦！天下大米啦！我没吃过大米，爹和娘也没吃过大米。村里人大都没吃过大米。七爷爷去过极远的南方，好像是徐州。他回来说他吃过大米，可他没来得及说大米比白面好吃，还是白面比大米好吃,就得病死了。但他说过城市人都是因为吃大米才皮细肉嫩的。我想队长也是到过城市的,然却没想到他到过城市,但没有七爷爷那样出息,也和村人一样没吃过大米。我问完队长的时候,就站在那里,盯着队长的脸。队长的脸像姐姐给我说的谜语一样,叫我着迷和耐我揣摸。他不看我,也不看村头的人们,把脸对着红艳艳天空,好像那天空中有大米或稻田。就那么天长地久地过了很长时间,队长起身骂了句操他八辈,就在我头上拍了几巴掌,起身走了。他没有回村,而是一个人朝着伊河滩去了。他到天黑才回村。

当年的冬天,村人们就开始对着伊河老堤的嘴唇湾又修大堤了。那当儿,天地都是冰白,鱼鹰都冻得不敢在伊河上空盘旋。伊河水不再流动,结成了晴日早晨天色的蓝冰。我去给爹送午饭时,不时儿发现白条鱼被冻死在冰里,就像装进了水晶棺材一样。我拿石头只消砸一绳儿长的工夫,就可以把鱼从冰中抠出来。可抠出来后,鱼就又冻在了我手上。眼下,我再也记不得有啥儿岁月比那年冬天更冷了。村人们在挑沙筑堤,摇动在白天白地里,就像几只饿雀在浩大的天空中孤单单地慢飞,一个个都是穿着黑袄,系着草绳。他们已经一日一日干了许久，堆起的沙堤像伊河滩上出现的一条田埂儿。看着不见头尾的白冰河和那埂儿似的沙堤，我站在河面天色的冰上，七岁儿如红豆一样的心里，就开始可怜村人们。我想到一个故事。故事里有个人，一伸腿就能踢倒一座很大的山。我幻想我会成为那踢倒山的人物，抓起一把红沙在嘴唇湾一撒，就堆起一条大堤。一年四季过去，大米就如冬雪一样在嘴洼厚厚堆着一层，村人们只管用袋儿往家里装……可是，我在伊河边站了许久，终于没有成为故事中的人物，仍然是一个七岁的孩娃，像一只耐寒的麻雀在冰边站着。

爹站在沙埂上唤，不怕冻死啊？回来！

爹的唤声仿佛成了气流在河滩上空结成了淡淡薄薄的冰，我朝那嘴洼走了很远，还觉摸出爹的唤在我头顶哗哗啦啦抖。我到嘴洼里，蜷缩在挖出的沙坑中，闻到了大地破了伤口的血腥气，清清凉凉地夹着水藻味。我要等着爹吃完了，把饭罐提回去。也把别家的饭罐带回去。

我看着队长最先吃完了饭，他把海碗舔净，往沙地上旋着一扔，那碗在地上转着，他就走出沙坑，站在老堤的一个高处，朝茫茫的天空瞟了一眼，对着沙滩长长地尿了一泡，像放了一次河水样，回来竖在我面前。

“娃崽，想吃大米吗？”

“想。”

“别急，稍等三年五年，这就是米滩啦！”

“嗯。”

队长说别急的时候，转了一下身；说米滩的时候，让胳膊在青色的空中很英雄地划一下，就如神话中的变神。变神想要金子时，指一下大山，那山就成了黄灿灿的金子；要银子时，指一下河汉，那河水就成白花花的银子。有一个村庄，人们日子过得很穷，变神从那儿过时，村人们饿着肚子，给变神烧了一顿好饭，于是变神就把胳膊在空中画了个半圆，没想到变神走后，那半圆指到的一个土塬，忽然间就成了吃不尽的白面，从此那一村人的日子过得比官府还好，天堂似的。我常想我忽然会成为那变神，可故事中没讲变神的模样儿，这就使我始终想不出我要成为变神该长出一副啥儿样子来，直到这一刻，我就冷丁儿想到了，变神就该和队长一样，高高大大，站在天地之间，就如是一条顶天的柱子，伸出胳膊时，肩头要像扛起了一块石头样高高隆起来，胳膊指向哪儿，哪儿不是刮风就是落雨。从那当儿起，到我十二岁大堤修好时，队长那变神的形象，树一般栽进了我的心里，且那树四季绿着，枝叶密不透风，严严地罩满了我的心。

七

村里人从嘴洼跑上大堤时，水头已经滚了过来，仿佛那水头是从人们脸上开过一般，瞬间，人们的脸都白了，如第一年筑堤时寒冬的天气。太阳已经从这条云缝扫到了另一条云缝，十八亩嘴洼和这边的大堤都染了沉郁的浅红。堤上的杨柳，开始在洪水风中摆动。人们在堤上，直着眼睛盯着那塌塌筑筑的玻璃楼房大水头，眼睁睁地看着水头朝着下游滚。新筑的大桥，像一根筷子无力地横在水头前，还未及人们对桥的生死想些什么，洪水就开到了桥前。原以为那桥会轰然倒下的，不想省城人筑的水泥桥虽像筷子一样，却很硬地拦着了水头。那高大的水头在桥面上被撞得粉碎，轰鸣声如冰山崩裂一样，嗡哗哗一声巨响，溅起一天水球。水头遭了拦截，从桥眼蟒蛇似的钻出几个头来，吞扑着原有的伊河，走了一段，几个水头就又汇在一起，朝着嘴洼这里疯子一样扑过来。可那玻璃楼房似的洪水头却到底没有了。人们一下就对那桥尊敬许多，对省城的人尊敬许多。于是就都把目光移来扫在见娜身上。

八

十岁的时候，我最爱去的地方是翻两道土塬，走七八里黄澄澄的土路，到我小姑家里住些日子。小姑家粮食多，每天的午饭都可以吃一碗白面条。那年暑假我去了半月，回来时是一日后晌，太阳像一个红皮球轻轻地飞在西天上。我背着这皮球回到家，推开院落门，一眼瞧见院子当央站着一个穿石榴裙的小姑娘，瘦柴柴的，头发上扎着绸结子。她不是我们乡里人。那时候我们乡里女儿从不穿裙子。我看着她，首先想到的是大姐讲过的田螺的故事。田螺的故事就从那当儿起，比大姐讲后印象更深地栽在了我的脑子里。

“你找谁？他们家没人。”

“这是我家……”

岁月是久远地去了，往事如河流上顺水而下的空荡荡的船只，而少年时的一些事情，则好像船头上突兀站立的找不到主人的鹰。

“你是连科？”

我看着她不动，想原来城市的人就是这样儿！

“我叫见娜，从郑州搬到你们家里住了，我爸我妈来给你们村庄建桥啦。”

九

谁都没有料到洪水扑来得那么快，当人们又把目光从见娜身上移过来，天水就一步夺过了村人的眼前，嘴洼的新堤脚已经蹚到水里了。这时候，上游水泥桥面的杂物全被冲进了洪水里，不断有红闪闪的浪水跳到桥面寻找着啥儿吞食。村人们眼看着水势猛涨。河心的浪头如翻滚的牛肚，链条般一个锁着一个，急流发出震耳的击铁声。队长拿一根三尺柳棍插在大堤腰上，一会儿柳棍就余剩下一个头儿。眼前汪汪洋洋一个世界，空气立时就冷了许多。似乎洪水还有一股吸劲儿，我和见娜都感到水要把我们拉下大堤，于是我就用脚趾抠着大堤，见娜紧紧地扯着我的胳膊。

终于，队长插的三尺柳棍被洪水埋尽了。

嘴洼的稻子囫儿睡着了似的躺得安详，未及割倒的一半在嘴洼那头一浪浪摆出一个湖面来。

有人急了,“咋办队长?！”

队长把肩膀在天下横成一道唤,“你快跑到守滩的屋里去,拿抓钩、砍刀来。”

那人愣着不动。

“你娘的死了！还愣着干啥？眼看着让这新堤冲塌吗?别的人都上树砍枝。二娃子你回村让男女老少都到嘴洼来,拉上车子,把割倒的稻子运回去！

十

栽秧苗是在上一季，那是一副很好的风光。我来了,见娜也来了。我们过着同一个星期日,都一样被大自然占满了星期日就空空荡荡像闲屋一般的心房。我们在大堤上跑着,头戴着我编的柳条帽。她的红裙子像沿堤飘飞的蝴蝶。我们不知道我们跑啥儿？跑累了,就挨肩坐在堤坡的草面上,看着村人们栽秧。在天高地阔的伊河滩,十八亩嘴洼被地埂割成一个个方块,如同大极的一扇玻璃窗被摘下来搁在滩地的中央。方方的水田块儿里，弓着一行行的村人们。赤背的男子肩上都起着晒脱的白皮，像知了翅膀张在太阳下。女人们穿得齐整的衣裳都汗贴着皮肉，显出她们和男人不同的地方；经见了很多世事和生了一群儿娃的妇女，就索性和男子一样把上衣脱去了，她们半红半白的后背和天平行，全白的前胸和地平行。垂着的两吊儿布袋奶，像洁白光润严密的绸布盛满了水在胸前挂着，每栽一撮儿秧苗，都要前后轻盈盈地闪摆几下。他们退着插秧，把自己的影子在田水中踩成破衣似的片儿。退过的地方，水面平静下来，秧苗在水中晃出几片绿叶，就像从水中探出头来瞭望天地奥秘似的。沿着田埂挑送秧苗的男女，像卖韭菜的庄稼生意人走胡同串巷叫卖那样，热火火的对唱声在嘴洼的稻田上空飘荡。

男唱：竖心陪白是个怕，
　　　姑娘好似一朵花；
　　　土坡盛开花一朵，
　　　不知风吹落谁家？
女唱：乘字去人是个乖，

小伙是蜂采花来；
蜜蜂见花拍双翅，
花见蜜蜂沙沙开。

男唱：青椒栽上黄土坡，
结出椒椒红似火；
有心尝尝你这红椒椒，
又怕你去砸了我家锅。

女唱：看你还像个青椒客，
只好上坡把青椒摘；
仰天青椒辣得奇，
探探你是不是好角色。

男唱：天塌我顶着，
山崩我扛着，
地陷我填着，
你说我是不是好角色？

女唱：天塌顶由你，
山崩扛由你，
地陷填由你，
我还咋能不嫁你！

他们的歌声从很远的地方飘过来，像蓝莹莹的风在嘴洼田里弥漫着；倒完了秧苗，又朝很远的秧苗圃那边荡过去，像过了春天的花一样落失了，不见音影了。我和见娜就坐在大堤的树影下，瞅着劳作的村人们，听着那已经懂了一些的野歌，忽然间就觉摸到了头上的天是那样温和亲近；脚下的地是那样宽厚慈善；背后的伏牛山，对面的耙耧山、四季哗哗的伊河水，河滩上的柳林、杨林、鹅卵石堆、金黄面沙、河边的藻气、水草、田边的小花、青稞、远处的庄稼、近处的稻田；还有那空气、阳光、鸟雀、蚂蚱、蝴蝶、蚊虫、蚂蚁、蛐蛐、白蛹、蟑螂，啥儿啥儿，一切一切，都那样完好，完好得如有头有尾的故事，充满了迷人东西，使你感到天下全是好的事情和事物，地上也全是好的事情和事物。在春夏秋冬里，快活地做些活路，就有收成，就有喜悦，就如一张口就有歌声一样，撩拨着人心。不消说，我们都觉摸到了山水、田野、河流、土塬、树木、庄稼、村落的美好；觉摸到了乡间野外给人的舒心，想日日夜夜在大堤上坐着，静静地观赏周围的风光图景，该是一件多么舒心的情事，多么让人心满意足的事物。大自然的声音像讲故事一般在你耳边叽叽喳喳，把你送进温暖安详的图景里，你就成了那风光中的一棵树、一棵草、一朵花,或是一只飞鸟……

“连科哥,这儿真好。”

“比省会还好吗?”

“省会不好。”

“可它是省会。”

“省会一点也不好。”

十一

去守滩屋取砍刀的人还没有回来。村人们都爬上柳树、杨树用镰刀疯砍着树枝。他们在树枝上随风摆动,紧紧抱着大枝,盘缠在枝杈上,像树上结的奇怪的果实一样。砍树的声音在风中很生硬地走着,不一会就无影无踪了。洪水依旧在一寸一寸的上涨,大堤已经被水吞去了半高。河心哗哗的滚浪声如不断的雷响,在天空中浑浊地滚着。白色的脏污泡沫,越积越厚,船泊在大堤边。

被水浇灌出来的地老鼠,从泡沫中窜出来,眼睛洗得发亮,爬上大堤,又爬下大堤,朝远处逃走了。

不知是从哪儿生出来的银白色水鸟,不再追着水头翻飞。它们安详快乐地在水面上起起落落,忽闪着白风筝似的翅膀,如同终于找到了大水、回到了家里,一声接一声地叫出很花丽很缠绵的声音来。

见娜问;“那是啥儿鸟?”

我说:“不知道,大概是水鸟。”

她说:“飞在水上的都叫水鸟吗?”

我说:“叫水鸟……你怕洪水吗?”

她说:“怕,桥都被淹了。”

我说不用怕,村人们在这里,队长三叔在这里,大堤就会很结实地缠在河滩上。

这时候,去守滩屋取防水家什的人回来了。他扛来了铁丝、绳子、砍刀、大锤、还有抓钩。抓钩其实很简单,就是杀猪用来吊肉的铁钩上系一根绳子。他一回来,队长就招呼村人们都从树上下来。

这就开始了一场护堤大战。有人在堤上打桩,有人在水边下枝,有人在枝上拴绳,有人在用抓钩捞树,很忙乱,也很有序。他们的脸上都印着一层灰灰的淡然,并不对洪水有啥儿惊怕,仿佛这样与洪水作战都曾经历过好几次。

有件事情在我头脑里留下了很厚的印象，岁月一年一年有力地扫过去，也没将那印象扫淡薄。记得开始与洪水开战时，已临近了午，太阳移到了伊河上，仿佛离伊河很低，仿佛太阳是从伊河中跳出去的一个黄泥球悬在脏布似的天空中。就在那洪水一片玄黄里，我看见有个立柜漂了下来，在水面上像一张床平放着，它先还靠着河心，后来慢慢就到了堤边，在水里格外鲜红，如是冲不散的一片儿血。

“那是啥？”我叫。

“大立柜！”见娜用手指着唤。

使抓钩的一个临街五叔过来了。他试探着站在水边的堤腰上，把绳子盘在身后，很熟练地把抓钩在面前摔出三个飞圈，一撒手，抓钩就飞到了立柜上，咬住了立柜门。然后，临街五叔慢慢用力拉着，慢慢顺水朝下游走动，就把那立柜拉到了堤边。他脱下裤子，跳进水里，用肩一扛，那立柜翻个身子爬上了堤坡，又一扛，就到了大堤上。

五叔把立柜门用抓钩撬开了。天呀，谁能想到那立柜里塞满了绸缎被子。那吸满了水的被子哗哗地流着水，红绸面、绿缎面上蒙着一层厚厚的泥浆。五叔把那被子拉出来，看见里边还有几个包袱，打开一看，全是叠得齐齐整整夏秋衣裳，还有一块灯芯绒布，一匹土织的床单被面布。

奶奶八辈子发大财啦！五叔猖狂地骂一句，就把抓钩丢在地上，一屁股蹲到地面含着泥水的被子上，脸上喜悦的光彩，像一轮太阳般朝着天水放着光芒。那时候，他的眼睛很亮，就像见娜那双没经过多少风沙的眼睛一样，盯着地上和立柜中的衣物，一动儿不动。

有一棵树顺水下来，不见树身，只见枝梢像轮子样在水中转动。

队长唤："钩住这棵树！"

五叔坐着不动。

队长抬起头："老五，把树钩过来。"

五叔起来去整那衣物。

队长从堤下上来了，站在立柜前看看，从立柜门上撕下一个喜字扔在地上，又用脚踢踢地上的包袱。

队长问："你要大堤还是要衣物？"

五叔说："要衣物。"

队长又问："衣物能耐饥还是大米能耐饥？"

五叔说:“有东西还怕没大米。”

队长不再说啥儿,提起地上的两个包袱,像扔石头投鸟样摔进水里,把大立柜一掀,立柜在堤坡上翻个跟头,水里就溅起了一片白沫。队长看着那白沫重又落下,拾起地上的抓钩去抓漂树了。

我以为五叔要和队长打架,可他坐着不动,眼看着队长那样扔包袱,掀立柜,直到队长拿起抓钩走了,才缓缓站起来,看看浩瀚的洪水,看看队长的身板,说:

“老三,你真的以为我们能斗过洪水吗?斗过了那才是笑话。”

队长到水边,又勾回头来,冷眼瞟着五叔,“你怕了?怕了你就回家嘛!”

这说话的时候,队长脚下的大堤忽然晃一下,就听到轰喳一声闷响,扭头一望,身边塌方了。几方沙土落进水里,立马搅起一窝儿棕红的泥浆顺水而下。

十二

记得叔伯哥那次的断指流血也和这红色的泥浆一样。

新堤临水一面凸出的坝头都是用石头砌起的，凹进去的堤身全栽了抓地草。这水若晚来一年，那石头都下陷实落了，抓地草也就扎了根须。可洪水适时来了。修坝的时候是夏天，酷烈的太阳烧在村人们的肩背上，他们身上被阳光撕起的脱皮像蝉翼一样透明发亮，新生的皮油纸一般光滑，那上边被木杠和石头割了许多红鲜鲜的印痕。看他们修坝运石，我觉摸就是天塌出一个黑洞，村人们也会用石头去把洞口补砌起来。

一天的晌午，我在河中洗澡，凌清凌清的伊河水如风从身上轻轻揉着流过去。河滩上下除了运石的村人，再就是酷日、烫沙和耷着脑袋的野草。鸟都在树荫下懒得叫了，流水的声音也显得躁闷。只有知了在大堤上不烦地鸣叫。大堤两岸、鹅卵石滩、十八亩嘴洼、筑桥工地，到处都是知了那炽白炙人的叫声。村人们到对岸伏牛山上开山放炮，把那牛腰、猪肚似的青石运过来，大的三五人抬，小的独个儿肩扛。他们的腰上都扎了力绳，每走一步都把肋骨掀起极高。我看着爹们一行十几人，每人肩上都压着一块牛腰青石，像一个驼队从伏牛山下摇过来，一晃一晃，每人的两只胳膊都卡在扎腰力绳上，并不用手去扶那肩上的石头。而那石头却像山一样平稳地在空中微微晃着。他们的头被石头盖住了，腰是半弓，从我面前过去时，我认不出谁是哪一个，只觉摸出一座座山头缓缓地朝水坝移过去，从很老的大山中走下来，身上的每一根汗毛都充满了气力，都能牵动一辆大车；觉摸到这野牛有一天会把对面的伏牛山驮过来，放在大堤坝头的位置上；觉摸到在这群野牛面前，天塌、地陷、山崩、大火、狂水，无论有了什么景况，都不是可怕的情事。

到水坝边上，他们按石匠指定的位置，肩头一歪，大青石就从肩上掀下来。地面被那青石砸得抖动。而他们肩上，是草青的死色，石头落下了，压下的井坑却久久不能弹起，直到过去半晌，那青色才会渐渐转为红鲜鲜的颜色，仿佛立马血就要从肩上喷出来。

我想，村民们其实都是野人，只有野人才有移山动地的气量。

最后一个卸驮石的是我叔伯哥。那年他十八周岁。十八岁是一个很嫩的年龄,就如开春后钻出土的黄芽。他咬着牙齿把牛腰石驮到坝头,石匠说放下吧,那石头就滑了下来,随即,他就把右脚从石边抽出来,提在半空,用双手握着。血从他手缝一滴接一滴珠子般滚下,在阳光中闪出耀眼的亮色。

村人们立马围上去。

“出事了?”

“砸了脚。”

“咋样?”

“乱流血,不痛。”

队长过去,从我叔伯哥手里接过他的脚,就见他的大脚趾头不见了,那儿如被折断的树枝、皮骨、杈杈。

叔伯哥的脸白一下:“我趾头掉了?”

队长说我爹:“你把他背回去。”

叔伯哥说:“你们接着扛吧,我能走。”

可他不能走。

爹背着叔伯哥。哥自己用手死命捂着断趾不让血流。走时,他回过头来瞅瞅人群,说我不能和你们一道背山了……

村人们没人接话。队长大声说。我们走吧，接着去扛。

我跟在爹和哥的身后，他们都一路默默，走得很快，直到半途，哥才问还能背动吗？爹说山都背了，哪欠你。然后他们就不再言语。血在大堤上流成一线。叔伯哥的脸越来越白，汗落雨似的浇在爹的肩上，后来哥就把头软软搁在了爹的肩上。

我说爹，哥昏了。爹就跑起来。可快跑出大堤柳巷时，他又慢慢抬起头，问爹说，二伯，你吃过大米吗？

爹慢下脚步，说没有。

又问："嘴洼能整出稻田？"

爹说："能，就怕以后发洪水。"

到这儿，哥就很重地把头跌在了爹的背上，捏脚的手也松开了，血像水渠一样流。我忙上前捏住叔伯哥的断趾。他的血又粘又稠，像是洪水中红泥浆。

十三

这儿已经到了正午时候,洪水的涨势不见减退。伊河两岸的大堤都已水淹三成有二，河面一下延宽多少倍。河心滚下的浪头上,不断有房梁、桌椅隐隐现现。村人们都泡在忙乱里。我和见娜就站在一段老堤的高处瞭望。我们看见有三个麦秸垛很结实地漂在水面,像三只大船从河心摇过去。还看见有一副白木棺材,在水中沉了一半,另一半露出水面,荡动很厉害。那棺材上有一样东西伏着,直到随着麦秸垛后漂过去,才看清棺材上伏的是一个人。像老人,他在水里向我们招着手,嘴一张一合。我们听不见他在唤啥儿,就远远的随着棺材跑,直到跑完新堤,登上老堤,才想起该给队长三叔说说。于是,我们就折过身子,气喘吁吁地跑回来。

队长仍在摔抓钩。

“三叔,有个人淹到水里啦！”

队长不抬头:“你们别瞎跑！”

见娜说:“那人趴在棺材上。”

队长说:“我看见了,你们只管到一边待着去。”

我们很奇怪队长看见了,他却连唤也没有唤一声。照他说的话,我和见娜又回到老堤的高处坐下来,迷惑地瞅着他和村人们。这时候,太阳光黄沉沉地落在水面,大堤上是浊重的风响。眼前的白沫,越铺越厚,越铺越远,里边夹了一棵一棵熟了的玉蜀黍,那穗儿洗衣棒子一般粗粗长长,金黄的籽儿大金牙似的闪光。在那蜀黍棵间,还膨胀着一头死猪,肚子圆溜溜地鼓着,朝村人们漂过去。我和见娜都坐着不动。我们被大水吓住了。村人们说这大水百年不遇。可我们遇上了。她坐在我身边,靠在我肩上,身子微微地抖,我说你冷?她摇摇头。我知道她怕,说你怕咱们回家吧!她说再看看。这样,我们就看了那场有头有尾的大洪水,又辉煌又可怕。像是一台场面很大、穿戴华丽、枪棒横飞的古装戏。白色水鸟在天上水上一群一群飞嬉飞戏着,嘎嘎的叫声强硬强硬地荡到堤上来。新堤从上游开始,堤面上一丈远一个木桩,都已均匀地栽定。每个木桩头儿都被打炸了,像一朵朵蘑菇在堤上举着。每一桩挨地面的地场都拴了绳子或铁丝,绳或丝的那端,捆着散大的树枝,枝梢在水里像网样护着大堤。尽管这样儿,塌方的声音

与其说我是参军入伍，不如说我是逃离土地。
与其说我是逃离土地，不如说我是背叛家庭。

还不时从这儿那儿响起。堤边的白沫水中,不断升起一个棕色的泥浆漩涡。村里的人还没到。嘴洼离村落七里路,来回就是十四里,约摸报灾信的人也才刚回到村中。新堤护着的十八亩稻田,在水声中平静地躺着,有鸟儿在稻圃上觅米。我看着那觅米的鸟群,见娜却看着那被洪水埋了的大桥。我不知道她在想啥儿。也不知道我在想啥儿。

后来,她拉了一把我,“连科哥,你看!”

我循着她手指的方向,见有个人骑在一条杆子上,在河心的浪头链中上上下下,白花花的浪头不断打到那人的头上。

我没有叫三叔,也没叫爹和村人们。我们眼看着那活生生的人在水里淹着,目送那人朝下游漂去。可当那人快漂过嘴洼时,他向村人们这里举了一下手,一个浪头扑上来,那人就没有了踪影。他的手好像哆嗦着要抓住啥儿似的掉进了水里。那一杆檩木,很清晰地浮出水面,横来竖去地摆在河心,轻轻快快梭子船样下划着,一直划出我们白茫茫的视野,划进我十二岁很深的记忆里。

我们再没看那人爬出水面骑到檩木上。

后来水落后,在八里湾的滩上,那人露出一只指头半曲半伸的泥手,身子全都淤进了黄泥里。

那当儿,见娜用手抓着我的胳膊,她的指甲全都掐进我的肉里。

她说:“连科哥,他淹死了。”

我说:“不会。”

她说:“咱们回家吧……”

我说:“再等一会,好远的路。”

我们默默坐着,天水从我们记忆里阴森森地铺开,灰沉沉地流过去。上游极远极远的地方, 似乎没有阳光,天就如雾样罩着水面,分不清是水在天上,还是天在水上。我觉摸那地方的天和地都被天水泡胀了,似乎那地方还麻麻缠缠下雨, 有啰啰唆唆的云在水天之间绕着。我静静看着那里,就像要找到天水源头一样的深沉,久久地不吭不动。

这样过了许久,见娜忽然从我身边弹起来。

“快看!”

“啥?”

“黄莺。”

我们说的黄莺,就是官话中的黄鹂鸟。它在堤边水中的一条槐树枝上落着，小得只有我的半个拳头，浑身的黄羽都被泥水粘着，再也看不到它从眼边到头后的那片好看的黑斑。身上的红肉从一撮一撮的毛缝中流出来，如同凝住的血。不知它是如何遭了水淹的。在堤边，它扑棱扑棱翅膀，没能飞起来，就痴痴地盯着我们。

见娜朝堤下走过去，走得很快。

我想起那刚刚举了一下手就入水没了踪影的人，木檩摆来摆去划走了。

“你干啥？”

“捞它。”

“淹死你。”

“不会。”

见娜的一只脚踏进水里了，手提的裙子像搁在水上的一个红桶。我滚跑着滑下大堤，扑通一声踩进堤边水，拉住了她的胳膊。

可是，我踩出的水花像冰球一样飞起来，一个准儿打在黄莺头上，随那一个小浪一涌，槐枝一沉，黄莺儿就紧跟槐枝沉进了水里，再也没出来。那片水面除了棉花似的水沫，就平静得什么也没了。只有远处的水浪声在那儿微颤。见娜盯着那水面，如同第一次见我端详我的脸，看了许久，突然惊醒是我把黄莺淹死了，就用力把我拉她的手打掉，怒目睁睁地瞧着我，“你心狠，你赔我黄莺。”

“这水会淹死你。”

“恨你，就恨你！你赔我黄莺。”

“这水真的会淹死你。”

“你不是我哥，你就不是我哥……你赔我黄莺！”

她这样说着，独自走上大堤，像有骨气的羊羔那样，坐在堤边的草上，眼望着无边白花花、黄茫茫的大洪水，仿佛一切世事，她都已历经了数遍一样冷漠、淡然，脸如冬霜下的天气那样傲寒寒的，再也不理不搭我了。

这一点童年的不快，是她赠我的分别礼物，直到眼下二十年过去，我依然不寻常地珍藏在心里……

十四

我不理她，她像丢了娘样泪眼濛濛地看着我，嘴里不停叫我连科哥。我终于实现了我的心愿，没有应她一声。那时候，我以为应她一声将会是给了她最大的恩赐。可我很坚决地没理她。没理她我就知道我有很强的意志。

“连科哥，你给我一个狗娃吧，全身都是花的那一种。”

我去给她抱狗跑了三十八里路。她爸、她妈都是从省城来的。来给我们修公路桥。桥一通，公路就从我家门前铺过去，我家就和洛阳、郑州连在一道了。我怀着一种像晴天云一样洁白的感激去我姑家给她抱狗娃。我姑家狗生了，已经满月。我对她这样说后她就问我要狗娃。我不能不为她跑这三十八里路。她家烧的第一顿米饭就给我家端了一小碗，像一碗雪样摆在供桌上。那是我一生第一次吃米饭，知道米饭果然比白面好吃，又香、又粘、又耐嚼，有核桃仁儿的味。现在我觉不出米饭有那种味道了。那时候，吃过三天我还觉出嘴里存着那味道。为了这些，我去我姑家给她抱回一只狗。那狗黑眼圈，白尾巴，身上花白搭叉，抱在手上它咬手指头。咬得痒极了。我知道那狗和我有感情，它是把我当成它哥才和我一道回来的。我一叫它花脸，它就朝我摆尾巴。我们在一道像兄弟那样过了三天，它饿了、孤单了都向我叽叽叫，像唤我的名字一样。我不忍心送她，可还是送了她。我是看在她爸在给我们修桥时，铁钉扎透了脚的分上才送的。那一天中午，村里人都睡午觉了，我抱着我的花脸坐在村头的大树下，等她去大桥工地医院看她爸回来我就拦住了她。我说见娜，这狗给你。她说我不要。我问咋了？她说你舍不得。我说舍得。她就接过了那花狗，用手去它的背上抚摸着，很感激地瞟着我。

“真给我？”

“真给你。”

“我给你啥儿？”

“我啥也不要。”

“我不能白要你的花脸呀！”

“你以后多喂它米饭就感激了。”

说完，我很悲壮、很凄楚地先自快步回家了。回家我趴在床上哭了好一阵。那时候，我十一岁。十一岁的我一穷二白，我把我的全部家产和全部的爱都送给了从城市来的小姑娘。她把我的一切都给领走了。我觉摸我浑身空荡，连一件衣服也没有，真真的把心都给了她。她如果不是从城市来的我不会送给她。她爸妈不是来为我们修桥我也不会送给她。那当儿我很抠,抠得连铅笔头儿都没送过人。可我把我的花脸送了她,尽管我是特意去姑家给她抱的,我还是以为我把我的一切都给了她,留给我的是两手空空的穷穷白白。

我后悔我把我十一岁的家产像彩礼一般全部给了她。

我说我不要她还我一星点儿东西。说的当儿很大度,可从她抱走了我的花脸,我就等着她还我一样东西,等着她家还我家一样东西。

后来她家果真还了。

那是三天以后,她爸从工地医院出院了,在家养伤。养伤还一样有工资,这一点我十分想不通,暗自愤愤不平,因为村里人干活时掉了头在家歇半晌队里也不给一分工。后来长大慢慢想通了,觉出说到底城里人是不能同我们伙着使用一轮太阳、一牙月亮的。那天夜里,一家人都睡了,月光像水样从窗里一条一条凌清凌清地流到我家屋里,还渗到我盖的单子上,凉阴阴的,如井水湿身似的。爹娘都已睡了。我看着那月光,想起一个故事:故事里有个姑娘,叫月仙,是从月亮上特意偷跑下来嫁人的,不想却嫁一个粗汉,每天都要打她,受不了,她就在一个月明如水的夜里，驾着月光又回月亮上了。那粗汉追悔莫及，每天月亮升上来，就在月光下哭啼，月仙就在天上看着他哭。后来月仙还想下来和他厮守日月，有个神就把她永远捆在桂花树上，直到男的活活哭死，他们也未曾见上一面。这月光一样柔凉的故事，使我无论如何睡不着。那一夜，我下决心长大娶了媳妇绝不打她一下、骂她一句，绝不像粗汉那样做追悔莫及的事。可我就怕我娶不到月仙那样的媳妇。想到媳妇，我就想到了见娜。她是从郑州来的，从郑州和从月亮上差不多，我渴望她长大能够嫁给我。我想她一定会嫁给我，我把我的花脸都白白送了她，可就这个时候，见娜妈敲了敲我家的窗子。

“睡了吗？明早你们把这端回去温温吃，大补的。”

见娜妈走了，我听见她在窗台的搁碗声很轻，像给病人放了一满碗中药汤那样。我一直想着那碗里的东西，准是非常好吃、非常难得的啥儿？来日一早就最先爬起了床。

窗台上放了一个小白碗，碗里有半碗红汤，汤里泡了一只剥皮煮烂的小狗腿。

我的花脸狗被她妈杀了。

端着那只狗腿,我盯着见娜家的屋门。月亮退去,把太阳引升上来的时候,那屋门开了,见娜提着笤帚出来扫院子,我猛地把那半碗肉汤连同狗腿猛泼到她的红裙上。

“你赔我花脸!”

她怔着,肉汤从裙上慢悠慢悠流下来。

“连科哥……”

“你赔我花脸!”

“不怨我……”

“我不管。”

“真的不怨我……”

“我不管!”

这时候,爹起床了,一巴掌扇在我的脑壳上。我往前趔趄一下,剜见娜一眼,就英武气壮地走出了院子。

那天上学时,她叫我哥,我不理她,不拉她的手,她放学时就丢了。到天将黑也没有回去。她爸她妈四方去找,急得掉泪。末尾,我爹娘去找,让我也去,我就在伊河滩上找到了她。她在的地方离大桥工地远,离田湖小学近。我很远就看见她独自坐在河滩上,落日浸泡着她和她的书包、裙子。鱼鹰一只一只叫着在她头上盘飞,流水声很清丽地响到四面八方去。她伶仃地在沙滩上盘着,眼望着北去的伊河水,就像敬仰河神样。我到她身边时,她转过身子来,又叫了我一声连科哥。

我说:“你爸妈让你回去哩。”

她说:“花脸是妈偷着杀的,我全都不知道。”

“你不恨你妈?”我问。

“恨。”她说,“还恨爸。”

“回家去吧!”

“你不让我赔花脸?”

我摇摇头,以我十一岁的宽阔胸怀原谅了她。拉着她的小手回家时,太阳把我们的影子扭到身前去。我们踩着我们的影子走,卵石间的金沙子在我们脚下响出很动人的声音来。身后两串儿脚印轻浅浅的如漂在沙滩上。我们默默地走,直到太阳终于沉到耙耧山后留下一缕儿余晖,她才冷丁儿开口问我。

“连科哥,长大了我嫁给你要不要?”

“要。”我认真地想了想,“可你是城市的人……”

“城市的人不好?”

“好。”

“那你怕啥儿?”

“你会走的。”

“往哪走？”

“城市。”

“不会。我爸妈走了我留着……”

十五

见娜不理我。我们隔着距离望着洪水。天水成了纯黄色，似乎比先前稀了些。上游源头那儿比先前明亮了。太阳在头顶很辉煌，云彩模糊地被天水冲洗着。村人们的柳桩已经钉了大半堤，砍树的、去守滩屋里背绳的，都不断从我们背后走过去。他们说我们，走吧，一道儿去。我想去，见娜不理我，我就没有去。到末了，我说我赔你一只黄莺，她就把手伸给我。拿来。等水落了，我上山给你抓。我眼下要，要淹死的那一只。我开始恨她了。我想我的花脸死了，我还原谅了你。于是，就咬牙丢下她，独自往新堤那儿走去了。

其实，我发现队长三叔也是见东西就捞的，能捞树就捞树，没树就见啥儿打捞啥儿。他的身后，水桶、木箱、椽子、玉蜀黍穗、木匠的大锯、檩条、门板、柳篮、杂七杂八的，排成长长一队。我去了，他让我点点那儿有多少村人，把那些物件就分多少份儿。说檩条、椽子一样算一份，别的可几样算一份。我给村人们每人都分了一堆物件儿，就坐在新堤上看人们和天水抗斗。阔宽了几倍的河面汹涌着一个接一个的牛腰浪子像在阳光中摊晒的一席接一席的黄豆。岸边的村人们在天水边如永远冲不走的插入河床底下的一根根柱子。他们动作着，把浊水和白沫不断扬到大堤上、半空中，每人露在水外的赤背都沾着一身肉色的黄泥。爹和一拨人在打桩，打桩的声音空泛地在水面上仿佛飞着的水鸟时高时低。五叔们几个，在水中绑系树梢，把梢子理顺到新堤脚下护着堤底。有时候，不知为啥儿还要钻进水里一阵。钻进水里的人从洪水中出来仿佛是在泥锅里煮了一番，浑身软瘫着坐在堤坡。人们那时候就盯着他，如同等待着啥儿。直到他朝人们摆摆手，说没事，堤底还结实，人们才从他身上收回目光，继续和洪水抗斗。我看了很久，注意到那钻水的多是五叔，一般每系几枝梢子，他就钻进水里一阵。他钻进水里的时间很长，我在堤上盯着洪水埋没了他，从他头上轧过去，五叔就把我的心给带走了，带进了那混沌的洪水世界。我在外边，仿佛等了一天一夜五叔才从水中出来。这时候，我就油然生出几缕对五叔的敬意，以为世界上再没有比五叔更为伟大的人了，没有比五叔眼下从事的事情更惊心动魄了。

可五叔最后出了险故。到底出了险故。在到一个堤湾的时候，大伙打下一根木桩，系下一枝树梢，队长说下去看看，五叔长长地吸了一口浑湿的空气，就像我们走在街上吸了一口街面飘流的炒肉的香味那样，一口气差点将人家锅里的肉也吸进肚里。五叔吸圆了肚子，他就抓着树枝钻进了水里。可五叔刚进水里，他头上的大堤塌方了，半间房似的土沙像一堵墙似的倒进水里，沉闷的一声轰隆炸起了几层水花，大堤缺下一道豁口，接下水面又归平静，被推走的白沫重新扑回来，涌到堤下。不消说，五叔被盖在水下了。村人们脸上都结着白霜，盯着浩瀚的水面。队长这当儿怔了一下，扔下手里的抓钩，一头从堤上钻进了水里。见娜看见了这一切，她从老堤跑过来，问我咋了？我说五叔被砸进水里了。于是，她的两眼充溢着蓝莹莹的惊恐。黄洪水从她的惊恐里哗啦哗啦响叫着奔过去，大银鸟在她眼里飞来飞去。她的眼像深夜的两个天宇,把天水和村人们都凉凉地装了进去。队长钻进水里还没出来。有一棵柳树从人们眼前翻了过去，上边还挂着一件不知天水从谁身上脱去的布衫。村人们列成一排,站在堤沿像观阵一般盯着脚下的水面,好像过去了几天几夜,队长才从水里出来了。他扒着堤坡走上来,往堤面一坐,说:“五弟完蛋了,水里没有他。”

村里有人问咋办?

队长说完就完了嘛,遇到天水能咋办?

有人说操他娘这洪水。队长说老五也活了四十岁，最小的孩娃都八岁能帮娘干活了,死就死了吧!挡不住的事,没人死还叫他妈的啥洪水。说到这,队长很淡然地和天水对视一眼，扭过头望着那空荡荡的长蛇似的大堤,说再回村一个人,让运稻子的人跑步来。说完,他就把目光压在下游不远处的天水黄面上。人们也都把目光压到那里去，就都看见水面有个人头像西瓜样浮了一下就又沉去了。

是五叔。

他离堤岸很远。队长从地上弹起来,等了一阵,不见那西瓜似的圆头再次浮出来，就捡起抓钩朝下游跑过去。他跑得快极了,边跑边盘着抓钩的绳子,直跑过刚才浮出人头的地方很远,才站定脚步,把抓钩在空中抡了几个圈儿,撒开手,让那抓钩往天水中飞过去。啥儿也没抓到。队长旋即拉回抓钩,又往下游跑了几步,再把抓钩甩出去。这样反复来回,到第七次回拉抓钩时,我们都看见水面上忽然浸出一盘黑红的颜色,像隔夜的血样浅黑深红,一丝一线缠出一个圈儿又一个圈儿。到这时,村人们一下全都不再呼吸了,张张脸上都结着木然和紧张,像湿纸贴在墙上立马风干了似的绷着。队长的脸色很淡,仿佛表情被天水洗去了,留下的只是半湿半干的死肉。他轻轻地一下一下拽着麻绳,血在天水面上拉成长长的一条,被天水歪歪扭扭地冲到下游,就渐渐融在水里,不见了颜色。见娜问我,抓了啥?我说五叔。她说抓人?我说你别说话。大堤上很静,只有天水的叫声,哇哇啦啦在堤面上动着,滚到十八亩稻田里去了。到今天我还清清亮亮记得,队长越拉越重,水面的血滩也越来越大,离我们也越来越近,到靠近大堤时,队长拽不动了,下去了两个劳力,摸着抓钩的绳子钻进水里一会,果真扛着五叔出了水面。

五叔命大,抓钩没有抓到他的头壳,也没抓到他的肚子。抓到头壳或抓破肚子,就没有我后来的五叔了。五叔出来水面时,抓钩在他的胳肢窝里扎着,血顺着抓钩、拉绳往下流。后半生五叔的右胳膊就残废了,像一条棍子那样不会打弯,连一点儿活也不能做。可当时那胳膊还会动,五个指头在胳膊头上挂着,像鸡爪样抽在一起。五叔的胳肢窝里一团暗红的烂肉,如被鹰啄了一阵似的。他的眼睛闭着,眼窝中藏着两团黄泥。裤衩被洪水剥掉了,露出他的很大的东西。见娜没有捂眼就看了五叔的那东西,她看得很详细,又惊又骇,就像见了一条真的长龙。

到堤上,两个劳力把五叔放下,去胳肢窝拔抓钩,那抓钩死活不肯下来,每拔一下,五叔的嘴就极苦地咧一下,终于把他从昏迷中疼醒过来。他张开嘴说,我日你们娘呀！还叫我活不活？拔的人就不敢动了,说抓钩进了骨头缝。队长过来,蹲在五叔脸前,老五,你忍着一点。这样说了一句,他就一手按着五叔的肩膀,一手抓住铁钩,扭树枝似的,将抓钩在五叔的胳肢窝里旋了一个圈儿,用力向外一拉,五叔骂了句你不得好死三哥,那抓钩就挂着一块红肉出来了。

五叔的胳肢窝儿这时候仿佛开了血闸, 殷殷的红

与其说我是背叛家庭，不如说我是弃绝一个儿子应该对父亲和家庭承担的心责和情务。

血汩汩潺潺地流出来，浸进沙堤里。队长提着抓钩看了看钩尖上的那块儿红肉，又用手从钩上取下来，转过身子，对着天水，说龙王爷，敬给你了。就扬起胳膊扔了出去。五叔胳肢窝的那一小块肉，像红枣样在空中飞着，被过午的日光照得透亮，好似一粒红星星落进了天水中，还溅起十几粒浑浊的水珠。

五叔在沙堤上躺着，用另一只手捂着自己的胳肢窝，扭脸瞟着队长，“我咋办？”

“派人送你到医院。”

“我一辈子这胳膊……”

“黄水大灾，胳膊要废了就每年多分给你一百斤稻子。”

有了队长这话，五叔就偏过头去，看了看那十八亩稻田，让人背着去镇上的医院了。

十 六

拔稻田草的俗名叫拔秧草，那是一个很轻松的劳作过程。五叔往稻田看了看，我就循着他的目光看见了那过程中的一个场景。在燥热的天气里,村人们都伏在稻田水面上，青青的秧苗很旺盛地在水面铺开，横成行,竖也成行,像一张大极的方格网罩着十八亩稻田。村人们的腿都插在那网的方格里。太阳在他们的背上烧着,水面十分暖热,水下十分爽凉,鱼和黄鳝在腿缝间光滑地擦着腿皮穿过去,又穿过来。那时候,我在稻田并不拔草,大人们说我分不出秧苗和秕草,我就在水里和鱼鳝游戏,把他们拔出的水蓑草、水秕草、水秧子、水黄藤、水野蔷,还有我叫不出名儿的草全都运到田埂上。我喜欢站在田埂上看村人们劳作,他们就像无法比喻的啥儿似的,在天地之间做着活。太阳高高地悬在头顶,青黛的伏牛山在那一边立着,棕红棕红的耙耧山坡在这边卧着,伊河水从村人们的腋下哗哗流过去,新老大堤把他们圈起来，于是村人们劳作着就成了伟大的啥儿。我永远也说不出他们成了啥儿。这时候,我能看到村里的哥们或嫂们唱的野歌像鸽子一样在稻田上空飞翔。

哥们唱的歌是:

连夜赶路到姐家

姐家一院好鲜花
有心踏进花中去
又怕姐家刺篱笆

或是：

姐姐姣娥年二八
登枝翠笋正发芽
人正年轻花正茂
恰好风流贪野花

再或是别的啥儿歌，但意思都是这样。
嫂子们或野些的姐们则唱：

稻米不熟不成粑
胡椒不老不香辣
姐我离家不多久
不晓风流带野花

或是：

小儿玩耍爱抛筹

大人玩耍爱风流

不爱风流不爱耍

只爱你扛锄姐后头

再或是别的啥儿。

站在稻田头上，听着村人们的歌声在空中鸽子一样飞翔，那时候，我十二岁的心里就荡起很多清澈粼粼的水纹，觉摸出心像春日的晴天一样碧绿透明，会朦胧地勾画出往后自己的日月和家事。在那日月中的家事里，会出现见娜的影子。她就在那个时候，像鸽子似的歌声或歌声似的鸽子飞进我的心里，印下一个厚影永远和稻田、黛山、黄坡、伊河水、碧天、阳光、月色等等一道儿不肯离去了。她就像山树一样在树缝中有了粉淡色的根须。

十七

五叔被背走了。

村民们依然在砍树、打桩、系绳钻水。杨枝、柳枝不断被拴着扔进堤下的天水里。

见娜因为五叔被抓钩打捞出来开始和我说话了。我们一道从老堤上把砍下的树枝拖过来。大堤那边的十八亩稻田像没人睡的床铺着。麻雀成群地在稻穗上啄米，叽叽喳喳的叫声在洪水响叫的缝隙中响到大堤上。村人们顾不了这许多,就让它们随心所欲地啄着。我捡起一块石头从天上扔过去，仍然落不到十八亩地心,也就只好罢了。

昏黄的日光和熟稻的金色融在一起，这十八亩嘴洼里就铺了很厚很实的一层温暖暖的黄亮。大堤的这边,天水还在慢慢上涨,茫茫的水面上,阳光照着的地方,是一片纯金的颜色,仿佛那儿在流动着金水,云影落下的地方，则又暗又黄又红。云彩模糊地在水中漂动。大白鸟不知飞到了哪里。水面和高天之间,显得十分空荡，总觉得那中间少些什么。黄洪水的急流中，浪子也不再时大时小。

先一会不断漂下的箱子、桌子、房梁、树木、椽檩、死猪和黄牛啥儿的，这会儿也渐渐少了许多。好像上游的村落、田地里的人和东西，该跑的已经跑了，该搬的已经搬走了。

水面平静了，可洪水没有减弱。

新堤老堤上都不断时地塌方，桌面似的大堤泥片儿，砰喳一声，就坐进水里不见了。哪里有了塌方，村人们就忙不迭儿把木桩打在哪儿，把几个大树枝捆在一起，系到塌方的大堤伤口上。

终于，就把十八亩嘴洼的新堤用树枝护了一遍。运稻的人们还没来。按理说他们该来了。来回十多里路，是不需这老半天的时间。

大家就坐在堤上歇等，洪水从人们眼前浩浩地荡过去。人们知道，那荡过去的洪水是抗不住的灾难，可他们仍然坐在那里，等哪儿塌方就去哪儿打桩系枝护堤。

十八

村里运稻的人们还没来，回去叫村人们的人也没来。

十九

十八亩嘴洼的灾难抗不住地横了过来。

人们到太阳更显黄淡的时候,已经歇过了劳累,开始在大堤上走动。他们木然地望着大水,就如旱天里木然地望着高远的太阳一样。我和见娜拉着手,漫无目的地从新堤这头走到那头,并肩坐在一张条石上,眼望着洪水从我们清澈的目光中浑浊地荡过去。能模糊看见,伊河对岸的大堤上有人群忙动,像蚂蚁搬家般匆匆、匆匆的。不消说,那边的人和村人们一样,也在护堤,也在与洪水抗斗。早些失去的大银鸟又开始在对岸出现,在伏牛山的青黛映衬中，大银鸟就像夜空中急速滑动的一群星星。洪水的声音在平静了的大洪面上像气流般粗暴而又含着柔和地回响着。上游仍然是水天不分，天和地都粘在蒙蒙膨胀的水雾中；下游似乎透亮一些，然水和天也都如菜地的塑料纸一样含含混混。只有眼前的水面和稻田清清亮亮地裸摆着。有一条长蛇，像五彩线一样盘在稻田埂的草丛中，后来有只青蛙不知为啥儿从稻棵中一跳，落到了田埂上，那蛇伸一脖子，身子成了一条直线，青蛙就进了它的嘴里。似乎那蛇没能力吞下青蛙，它的嘴扯得宽极，才只能把蛙头含着。蛙的后半边身子露在外面挣扎动弹。

“见娜你看。”

“看见了，有些儿怕……”

我用一块石头朝花蛇砸过去，花蛇抬头瞪我们一眼，忽然它的嘴外就只剩下两只蛙脚，脖子立时凸成了一个山包。它终于把青蛙吞吃了。

大堤那头好像有人叫我们，说赶快回家吧，大半后晌了，午饭还没吃。我们准备往回走，可转回身子时，见娜却又惊奇地扭回了头。

“快看快看快看连科哥！”

我旋过身子，忽然见稻田中的青蛙像一群跳蚤，几十只几十只地跳在空中,落进田里;落进田里,又跃在空中。它们跳起时,青亮的背在阳光中闪着水润的亮色,落下时有哗哗啦啦的水响。熟稻田中是不该有水的。我往前走了一步详细地瞅了一眼,发现稻棵间的干叶、碎草、柴棒像船队般在急速地划动。心头一疑,抬头往新堤端头一瞅,看见大堤下有水,桶大小一股黄水,正咕咕嘟嘟朝稻田这边冒着,翻起的水泡又亮又大,如白棚车队似的从稻子行间开进田里去。于是我惊叫一声,仿佛花蛇吞了我的身子一样,拉起见娜的手就往大堤那边猛跑。她的裙子在我腿上扫来扫去。

"大堤冒水啦——"

"爹——队长——大堤冒水啦——"

"快呀快呀——大堤冒水啦——"

十八亩嘴洼和人们的天水灾难就这样横了过来。我们的嘶唤像破了嗓子的奶羊腔在天水面上软软地飘动。在我们的唤声中,身后追来一声"砰——喳"的塌方声,如同有座山头冷丁儿卧进了水里,一下盖死了我们的叫唤。我回头望了一眼,瞟见了冒水的地方有半边大堤不见了。堤下的天水一片泥黄,白沫被推出两丈远,随即又退回来,急速地转着被一个水漩涡大口吞没了。

“快呀！大堤冒水啦！”

“大堤冒水啦队长！”

新堤那头的村人们终于听见了我们的呼唤。他们大伙儿一同在一个怔中呆了一星儿工夫，就都迎着我们跑过来。队长跑在最前，老远就问哪儿冒水了？我说堤那头，他就像疯一样朝前面跑过去，把我和见娜留在身后边。他跑过去带起的凉风把见娜的衣裙撩起很高，脚步声如打桩锤砸在堤面上。我们很远就看见队长和村人们到冒水的地方突然钉住不动，仿佛枯桩一样扎在了大天下的黄洪堤头上。一群村人，一林桩子，个个的后背都在泥色的日光中抽动出光亮。我已经觉摸到，天水不可抗斗了，它像狮虎一样横在了人们面前。时至今日我还惊异村人们对天水大灾的淡然。我以为他们会呼叫的，可我和见娜返回到那里时，他们都木木地站着，脸上是同黄天一样肤色，看不出有什么异样。那时候，一切都已赶不及了，原先水桶粗的冒水洞变得牛腰一般，天水中的漩口有半间房子那么大，大棍、破箱在漩涡中旋不够半圈就从洞里进去，从大堤这边出来，漂在稻田中。十八亩稻田从下沿开始，被洪水迅急地一片一片淹盖着。已经有几亩地埋在了天水中。熟稻的穗头在水面摇摇晃晃一阵，就慢慢倒进了黄洪里。

有人说：“咋办队长？”

队长说；“操它祖宗八辈这洪水！”

有人说：“我们就看着嘴洼被水淹？”

队长说：“操它祖宗八辈这洪水！”

有人说：“把树枝拉来塞进水洞里。”

队长说：“来不及了操它祖宗八辈这洪水！”

这说话之间，大家感到脚下一晃，不等觉醒过来，就见水洞上的大堤呼的一声，坐卧进了水洞里。那大水吃惊一下，稍稍犹豫一阵，用力轻轻一推，卧塌的堤土就被推进了稻田的水中，化成了泥浆朝嘴洼中央冲去。有了这堤口，似乎洪水冷丁儿找到了出路，便拧着搅着往稻田里涌，流水声响哗哗、冰冷冷地灌进人们的耳朵里。

十八亩嘴洼、五年的辛劳眼看着一格一格被天水吞没了。

村人们说完了，嘴洼完了。

爹说一季也没有收成，再也甭想吃米了。

队长望着扑进田里的黄洪，脸上板出青石的颜色。脚下的新堤，在天水中不断一块一块塌下，逼着队长和村人们一步一步后退。眨眼间,那门似的豁口,已经塌成了公路的宽窄,洪水更加汹涌,如同跨入城门的队伍,挤过城门似的堤口,就如同入了城一样,随即铺摊开来,朝远处稻田的四面八方盖过去。盖过去的洪水,仿佛是从人们的脸上滚过,立时,人们的脸就全都成了泥黄。青蛙从稻田中一只一只跳上大堤,回头惊恐地望着逼来的天水。河面那些白沫杂物开始如车队一般开进稻田中,朝嘴洼那边的老堤靠过去。收割过的稻圃儿,也开始漂在水面,像堆堆乱草样打着旋儿朝着远处游。

"完了,嘴洼完了。"

"再也吃不到大米了。

村人们盯着那漂起的稻圃儿,这样叨叨两句,队长忽然旋过身子,"操它祖宗八辈这洪水!"他这样骂了一句,似乎突然醒过了神儿,对着村人们狂唤:"娘的,都别愣了!快。快。快去把稻种抢回来!快去把稻种抢回来!"

嘶叫着,队长风一般从人群刮过去,朝收割过的稻田那头跑。村人们并没领神,见队长跑了,也就跟着跑。爹一手拉我,一手拉着见娜,像尾巴样紧摆在人群后边。我们老远看见,队长到堤头上,一弯腰就滚进一角没被淹的嘴洼田里,抱起一铺儿割过的熟稻跑上大堤一放,又滚下大堤去抱另一铺。后到的人们看见队长这样,到那儿一声不言,就冲进嘴洼角里去抢稻圃儿。

可惜我们到那儿时,人们都已不再往嘴洼里跑抢稻子啦。十八亩嘴洼彻底地被洪水吞尽,成了十八亩汪洋,和堤外的伊河连成了一片。

二十

队长说:"连科,吃过大米吗?"

我说:"吃过见娜家半碗。"

他说:"还想吃吗?"

我说:"想。"

队长轻轻地摸了摸我的脑壳。

二十一

后来我们知道村里也遭了大洪水，各家屋里都是齐腰那么深，猪圈、鸡窝和不结实的房屋都被泡塌了，铁锨、锄把、木凳漂得满街都是。水是上游决了堤口冲进村里的，所以回村叫人来运稻的人始终没回来。那时候，嘴洼的十八亩稻田汪汪洋洋，熟稻棵在水面漂了一层。麻雀在水面叫一阵，终不敢落水啄米，就极留恋地飞走了。偶尔有几只大银鸟飞来叫几声，在嘴洼盘旋一阵，也捞不到啥儿，就朝远处飞去。人们坐在老堤上，骂了半天运稻的人们还不来，就歇气坐着。抢上堤的十余铺熟稻很安详地躺在村人们面前，清淡的稻香未及飘向人们鼻下，就被河风吹散了。太阳那时已经有气无力，像一滴将灭的火烬吊在天上。云很厚，但一片一片，都不是雨云，互不连贯地凝在半空不动。黄洪水已经平静下来，不见涨，也不见落，就那么哗哗地沿堤朝下游奔去，水面上金一块、银一块、铁一块的颜色始终像各色布料一样漂浮。嘴洼已经没有了。人们凄然地坐了半晌，队长就问了我那么几句，末了，就和村人们说，操它祖宗八辈这洪水，我们回村吧。

人们说回吧。

大家起来，一道动手把抢出的稻铺按人头一人捆了一捆，也给我和见娜各捆了小狗腰那样个捆儿，就都扛着米稻捆回村了。这是村人们五年的辛劳，五年劳作的收获。我们知道我们肩上的不是稻子，是稻种。人们跟在队长身后走，大家拉成一线，走在杨柳相夹的大堤上。天水在人们脚下畅畅地流着，远远看去，村人们就如踩着天水走路一样。小鸟在树梢上盯着大家伙扛的熟稻馋叫着，有的就跟着人们的脚步从这棵树上飞到另一棵树上。它们期望会从我们肩头掉一穗熟稻，可我们一穗也没掉。我和见娜跟在人们最后，我说重吗？她松松肩上那束儿稻子，说不重，你要记住赔我黄莺鸟。我说记住了，肚子真饿。最后告别嘴洼时，我回望一眼，没有看见十八亩嘴洼，只看见没有塌尽的新堤像红带子样漂在大水中。我分出的十九份抓钩打捞的杂物，像黑痣一样在红带上结着。走了一程，我又一次回望，那漂着的红带和黑痣都已经消失了，我只看了茫茫的汪洋黄水。

从天水面刮来的凉风，把我们肩头的稻穗吹得耳环一样摆动。一路上，我和村人们，还有见娜都闻够了大水的腥味和熟稻的香味。快走出大堤时，我和见娜都惊奇地听见，扛稻的人们中间，竟有个哥哥在小声哼唱："大山砍柴不用刀，大河挑水不用瓢，好姐不要郎开口，只要闪眼动眉毛……"

有人唤："妈的，遭了大水还唱个屁呀！"

队长从前边回过头："管他哩，让他唱嘛，黄洪也不能刮得不过日子呀！"

于是那野歌就愈加粗糙地飞起来，飘荡在天水的泥色黄面上。

天塌我顶着

山崩我扛着

地陷我填着

你说我是不是好角色

天塌顶由你

山崩扛由你

地陷填由你

我还咋能不嫁你

最终，他们依然还是他们。那种烦乱艰辛的生活，也还是他们必然的命运。

二十二

如今想来,那已经是我十二岁的最后记忆了。因为洪水,秋庄稼颗粒不收。回家的第二天,爹就让我去姑家背些粮食回来。我去了。去前我对见娜说我去我姑家,她说干啥?我说背粮食,捉黄莺。她说真的赔我黄莺鸟?我说真的赔。她说那你去吧。那口气好像是她批准了我才能去的。照理,我到姑家三天两天就该背着粮食转回,可我捉不到黄莺,直到第十三天早上,姑家的表哥用马鬃从槐树上替我束下一只黄莺鸟我才从姑家回来。

我到家是晌午时候,洪水已经下落了半月,村落依然复成了村落的样子,只是街路两边低凹的地方,还结着干裂的黄泥片。那当儿,不知为啥村街上很静,没了往日那层薄薄的热闹。太阳极为懒散地在村头照着。村落里的一切都如死了一般。有条狗在太阳地瞟我一眼,就又闭眼卧睡了。鸡子在墙下的淤泥片中刨着食儿。只有我手里的黄莺鸟,在柳编方笼中跳来跳去,叽喳的叫声,清丽地响在村街上。我们家的大门是虚掩着,见娜家住的房门也是虚掩着。我推门进去,把粮袋放下,以为爹娘在睡午觉,到里屋一看,床上却空空空空的,于是心里闪一下,又去推见娜家屋门,她家也空空空空的,原先那屋里从省城运来的立柜、桌子、床等杂七杂八的物件全都没有了,墙上挂的锅、勺、筷笼也都没有了,只余一排钉子扎在泥墙上。屋里的东西全都搬走了,摆着的是我家的铁锨、箩筐、扁担几样东西,孤零零地如没了父母的儿女一样。

黄莺鸟在笼子里清丽恼丧地急叫,跳来跳去。

我走出大门,朝空荡荡的昏黄村落看了又看。有只猫在我对面墙头上站着,对我手里的黄莺也看了又看。这时候,村后九爷从一条胡同里走出来,他的拐杖在地上捣出了很单调的淡白色的笃笃声,像和尚敲木鱼的声音一样又脆亮又空洞又寂寥。

九爷,村里的人呢?

都到嘴洼收拾大堤了。

见娜家……

搬走了啦,住进村里的省城人都搬走啦,天水把大桥冲垮啦,桥和路都绕伊河那边的伏牛山坡修走了。

九爷这样说的时候，不看我，也不看村落，却抬头望着苍老苍黄的大天，仿佛他从那天中瞅见了别人瞅不见的东西。黄洪，没法儿的事；黄洪，没法儿的事；黄洪，没法儿的事。九爷叨叨着，从我身边过去了。盯着九爷的曲背，那当儿我想，九爷咋会老了呢？人老了可真没意思，我坚决不老哩，我要永远是孩娃儿。

九爷走后，我就去了伊河滩。十二岁真是一个没有头脑的年龄。洪水退后的结局本是谁都可以预料的，然到了伊河堤的时候，那结局却像迎我走来的斑虎一样，把我吓呆了。伊河上的水泥桥果然垮掉了，桥面的大水泥板错着位置，有的是对角斜架在桥腿上。原先平实的桥面上留下了很宽的裂缝，人可以从那桥缝中漏落下去，中间有几座桥墩已经扭歪，露出了锈色钢筋。在桥墩下面，有被桥墩拦住了的一围粗的大柳树，泡涨的房梁，还有完整无缺的大铁桶。那铁桶是装氨水用的，眼下装满了黄泥水。牛腰桌面似的圆石、方石一个挨着一个，在桥前堵着。很多小黑虫在淤满了黄泥的石上、树上爬动。残存下的一股清水，从石缝中偷偷地流过大桥，绕来绕去地朝下游晃动。水中没鱼、没蝌蚪，也没有水草。我站到那扭垮的桥头上，太阳在我脸上安慰地抚摸着。桥垮了,省城的人走了;公路不再修了,见娜也和他爹一道儿搬走了。我的家乡不能和洛阳、郑州连在一起了。仰脸望着遍是半湿半干的河滩,我打开鸟笼,让黄莺飞了出来。黄莺要走的时候,对我叫了几声,我不明白那是什么意思。它是朝下游飞去的,我拿目光追着它,看见太阳在它身上照出了无数金黄的亮点。

目追着黄莺,茫茫的河滩就走进了我的眼里,同天地一样阔大的滩上,被洪水扫得面目全非。鹅卵石没有了,细沙没有了。只留下腥臭的沼气充弥着。在我十二岁的目光所能看到的地方,除了洪水生出的荒凉狼藉,就是下游十八亩嘴洼那里,有一群人在地上天下蠕蠕动着,像大地高天之间仅存的一群人似的活在那里。

我知道,那是村人们在修复洪水冲没的嘴洼堤。

二十三

黄洪过后,岁月如水。日子一天一天过去,村里的人们一日日地劳作着,月月年年,都是春种秋收,冬闲闹革命,光景张张弛弛,松松紧紧,然村街上依然灰土尘尘，田地里依然旱旱涝涝，村落也依然草房片片，土壁一面连一面，并不见一房瓦屋。光景三年五年，都难寻一种变化，直到我把见娜和洪水暂且搁在忘中时候，直到终于有一天，我和二姐一道念完初中，瑶沟和我才发生了一些事情。一些让村人和我都难以忘怀的事情。

图书在版编目(CIP)数据

桃园春醒/阎连科著. —合肥: 黄山书社, 2009. 11
ISBN 978-7-5461-0552-9

Ⅰ.①桃… Ⅱ.①阎… Ⅲ.①中篇小说-作品集-中国-当代
Ⅳ.①I247.5

中国版本图书馆CIP数据核字(2009)第200746号

桃园春醒

著　　者　阎连科
插　　画　刘春杰
策划编辑　段晓楣
责任编辑　余　玲　张月阳
封面设计　未　氓
版式设计　刘　俊
出　　版　黄山书社
社　　址　安徽省合肥市政务新区翡翠路1118号出版传媒广场7层
邮政编码　230071
发　　行　北京时代联合图书有限公司
印　　刷　安徽联众印刷有限公司
开　　本　640×960　1/16
印　　张　10.5
彩　　插　16
字　　数　150千字
版　　次　2010年4月第1版
印　　次　2010年4月第1次印刷
定　　价　22.00元